詩敲雪月風花夜

昨夜風

蘇白宇
詩集

導讀

從主婦日記寫起

——蘇白宇新詩集《詩敲雪月風花夜》中的四個象限

臺大中文系教授　洪淑苓

初識女詩人蘇白宇（1949-），是在鍾玲、李元貞的女詩人研究論著中。那時白宇的詩集尚未正式出版，只是自費印送，但已經引起研究者的注意。如今白宇整理既有的詩集，正式出版為《詩敲雪月風花夜》蘇白宇新詩集一套四冊，我也就權充早先的讀者與仰慕者，為大家推薦這套別具風格的詩集。

我發現蘇白宇寫詩是從「主婦日記」寫起，但緣於她的才思敏慧，對都市、自然、時間的主題書寫，也展現獨特的想像與思維。以下我就以家庭、都市、自然與時間這四個面向來解讀白宇詩中的敘述主體以及她所關注的主題。

一、主婦的代言人

鍾玲《現代中國繆思》稱許白字寫出了都市女性的困境，而放棄事業進入家庭主婦的生活，也使得她對傳統女性的處境有極為敏銳的感受。鍾玲還說白字的詩善於巧喻，但意象迷離，具有女性文體的特徵（第七章第一節）。李元貞《女性詩學》更分析了白宇的〈主婦日記〉，指出詩中的「我」，早已跳脫個人的侷限而變成「我們」，反映主婦的集體形象，刻劃了家庭主婦從事家務時的勞累與心境（頁81）。

我初讀白宇的詩，的確也有類似感觸。譬如〈主婦日記〉：

> 每天把五個人的口糧搬上五樓
> 不知能否算是一種薛西佛斯？

我眼前立刻浮現母親那輩的婦女，她們身兼母職、妻職和為人媳婦的種種負擔，而每天為了柴米油鹽、相夫教子，總是有周旋不盡的人與事。這些週而復始，勞心勞力，且無酬勞的家事，比起那位不斷推著石頭上山，又滾下山來的薛西佛斯，苦工夫毫不遜色。然而，奇妙的是，在此之前沒有人會把主婦生活和神話裡的悲劇英雄連結在一起。這首詩描述照顧一家人的食衣住行，安頓好三個孩子睡覺後，「我」才能稍微喘一口氣：

這才探首長吸一口室外的空氣
恰巧瞥見無寐的姮娥也憑窗
她跟我說寧願作伐桂的吳剛

吳剛伐桂的神話，涵義和薛西佛斯推石頭的象徵類似。這裡用嫦娥來投射自我，而訴說心願「寧願作伐桂的吳剛」，實在非常睿智幽默，儘管這裡面還帶著點辛酸。

家事何其繁瑣？女詩人如何能擺脫女性的宿命？〈主婦日記〉收在白宇自印的第二本詩集《一場雪》，我因此回頭去讀她自印的第一本詩集《待宵草》。

《待宵草》中的〈一天〉，寫的仍是家庭主婦的辛勞，但又加上自我理想的幻滅。詩的開頭寫著，在早晨，她原本充滿期待，想要拿「曙色」這塊布料，裁成美麗的晚禮服——這是譬喻的手法，當一天開始，她本充滿了希望，想要為自己過過充實的一天。然而，當洗衣機轉動，捲起了洗衣粉的泡泡，這泡泡並沒有激起詩人的浪漫聯想，反而必須一邊拿起雞毛撢子掃灰塵，而另一邊又要忙著張羅家人的三餐。菜刀和砧板的剁剁聲，轟隆隆的油煙和噪音，已經把她的氣力和理想消磨殆盡，最後：

這不堪的襤褸，只有
塞入枕中
孵夢

讀到此，我不禁掩卷長歎。一般人只看到文人懷才不遇，或是英雄末路的感慨，然而有智識有才情的女性，她們的理想，或者說是夢想吧，每升起一次希望或鼓起勇氣，便一次又一次被柴米油鹽這些瑣事剝削，最後只能「塞入枕中／孵夢」。就像在《待宵草》第三輯的〈時間〉詩中，詩人向時間之神乞討時間，為的莫不是想要做些有成就感的事。但以家庭主婦鎮日為家人「服務」，時間被切割得很零碎，這實在太難了。因此詩中說屬於文曲星的時間是純金的，因為他要打造一頂桂冠；屬於金童玉女的，則是泥土，可以任意揮霍，隨心捏塑。但是：

我的呢？早給竈神
炊成輕煙縷縷
連魔瓶也收不攏啦

萬般無奈高利乞借
睡神這才吝賜沙漏一個
眼睜睜讓秒分流盡麼？
擊散後能否淘洗出什麼顆粒？
不然堆得沙堡也成
只要日永不出，潮不再漲

文曲星彷彿暗示家中的男主人，金童玉女也可說是暗示家中的子女，他們的時間是寶貴的，或是悠閒的，總之，都可以按照自己的心意去運用。唯有「我」這個家庭主婦，早就把所有時間奉獻給家人，因此被吹成裊裊炊煙。竈神的出現，講的就是家庭主婦在廚房裡耗盡時間和心力。所以儘管到了晚上，千拜託萬拜託，睡神給她一點點時間，讓她還有點兒精力不會睡著，但能否完成什麼作品？她只能戰戰兢兢，努力創造，即使堆出沙堡也成。可是，詩末祈禱「只要日永不出，潮不再漲」，她彷彿也能預見結果，這幾乎是不可能的任務！

白宇十分洞悉女性身為家庭主婦的宿命，但她還是努力表達自己的夢想，希望寫下更多詩篇。另一首〈囚〉，把走入婚姻的女性比喻為囚犯，結婚戒指如同套上手銬，生育兒女如同戴上腳鍊，「叫你在曠野為犯」。而後這些手銬、腳鍊，又轉化為「機關牆」，忽緊忽鬆地宰制了「你」的活動範圍。所幸，還有一個缺口：

最幸運的是：頂上
並沒有第五道牆
只要那方雲天
永在，你甚至無懼風雨

這裡，令人感傷也感動的是，當手銬、腳鍊以及四面牆限制了詩中的「你」，「你」還是不放棄希望，仍然仰望藍天，無懼風雨。

在女性主義思潮盛行之前，白宇已經寫下以女性／主婦為主題的詩篇。她不需吶喊，而是出自親身經驗，但又以巧妙的譬喻，帶著幽默、自我解嘲的方式說出心中的懊惱——但這不是只屬於個人的牢騷，而是傳統女性，宿命、集體的寫照。也許當今的女性面對家務、家庭的負擔已經有減輕或解決的方式，但白宇這些寫於一九八〇年代初（或更早）的作品，反映主婦的心聲，可說為時代留下可貴的見證。

二、都市的速寫者

白宇的詩以抒情為主，大多描寫個人內在心境。但從《待宵草》中的〈塵市〉來看，長達四十二行的篇幅，顯示早期她對都市題材是下過功夫的。

〈塵市〉共十一段，前十段以每段四行的整齊形式呈現，最後才以兩行來收尾。「塵市」的命題有紅塵俗世的涵義，但「塵市」指的就是城市、都市。詩的開頭就點出都市人的生活是通宵達旦的，因此黎明不是一天的開始，「而是／許多夜戰的結束」。詩的第二段繼續描寫，在呵欠連連的情況下，都市的人們開始驅車上班，但所經之處是擁擠而漠然的景象：

排隊擠車過陸橋排隊擠車
喇叭紅燈煞車聲喇叭紅燈
漠然兜圈的鐘
無目的地反覆滴答

整齊而刻意反覆的字句，反映的正是都市人無聊單調的生活。而別出心裁的是，接著就以白老鼠、黃金鼠、鼠籠、餅乾等實驗室的情境，譬喻都市上班族進入公司大樓上班的情形。人可笑的是，人們對自己這般的處境是不知情的，還彼此默默相望，客套寒暄。而公司大樓的另一個景觀是，有嚴格的門禁，因此：

訪客先驗明正身
通過重重電鎖電眼，然後

大家面對螢光牆壁
　不思蜀，不思過

電鎖和電眼說明了這是先進的上班大樓，具有現代化、電子化的監視系統。而無論是上班族或是訪客，一旦走入這公司大樓，就被關進了現代化、都市化的牢籠，無法窺見窗外的春天與自然美景，最後是霓虹燈取代了自然。如同詩的最後兩段：

擠得扁扁的太陽，匆匆乘電梯
爬下方方正正的泥灰丘陵
滿臉塗抹，霓虹燈擠眉弄眼
晚霞和星光退去

　風也屏息
海鷗不來

太陽搭乘電梯下樓，是個頗新鮮的譬喻，代表時間由黃昏進入夜晚。但這也用來代稱那些上班族，因為他們下了班，又開始另一種五光十色的生活，夜晚變成他們享受生活，卻也是麻痺自己的時間。可以想見，直到黎明即將來臨，這種生活才告結束，然後又是呵欠連連的展開上班、下班的循環。晚霞、星光、風和海鷗，代表大自然，也是自然和都市的對比。

在白宇筆下，「電梯」成為公司大樓的具體象徵。《待宵草》有〈電梯〉一首，寫出都市上班族每日先塞進公車，再登上十三樓的辦公室上班。走出公車，彷彿可以讓人透口氣，但這十三樓的辦公室卻是有空調而無窗，氣氛的緊閉可想而知。更何況，還要隨時注意上司的眼神，不得怠慢。於是，白宇為這個上班族寫下夢境和想像：

每夜每夜，總要夢見那
上上下下開開闔闔不得喘息的電梯
恍惚自己胸前也生出一排圓鈕
任人揿按。也有那麼一次
它突然變成直衝太空的

火箭！

火箭的想像，真是神來之筆！而且打破了上班族的鬱悶，讓人也想直衝太空，獲得自由。《一場雪》也有〈上班〉、〈下班後〉二首，都是對都市上班族的寫照，而且也都有奇特的想像。

〈上班〉首先寫出有個上班族做了劫機夢，「劫機未成而被捕幸好只是／昨夜一場支離破碎的夢」，可見這個上班族多麼想要逃離朝九晚五的上班生活。接著，上班的模式也被形容為搭機離境：

此刻又來到離鄉的出境室
打卡鐘前的大鏡先要驗身
髮梢不宜飛揚少年的壯志
眼底不得瞭望未來的蜃樓
……（略）

通關後隨即就位無窗的艙腸
等速掃描的視線便不再逾界
並無終點的例航將正午折返

上班時不能攜帶各種私人的情感、夢想，在詩的中段還提到，除了公事包，連「走私一顆白雲糖或一縷花香」都不行。無窗的位子，不得越界的視線，更凸顯上班族的苦悶。至於為何「將正午折返」，顯然一去一返，才能回到原點，才能趕得及下班。仍然是單調無聊的上班程式。〈下班後〉則是描寫下班後，把髒衣服丟進洗衣機，然後囫圇吞棗地吃著晚餐，看著已成「舊聞」的電視新聞節目。接著是連續劇、綜藝節目，這些過程，都和最先的洗衣服過程連結在一起，和洗衣、脫水、烘乾的步驟一一對應。最後連熨斗、燙衣服都派上用場：

由不得電腦控制的亂夢
來來回回倒也算是個熨斗

第二天又能平平整整地出門啦

這兩首上班、下班的詩，雖然是寫於一九八〇年代，也許今天21世紀的上班族生活已略有改變，譬如看電視變成滑手機，但上班族單調、鬱卒、刻板循環的感受，恐怕還是一樣的。被視為專職主婦的白宇也許只有短暫的上班族生涯，但無論如何，這些詩中奇思妙想，以及頗為準確的生活境況刻畫，都充分展現白宇敏銳的洞察力和靈動的想像力。讀這幾首詩，讓我聯想到在街頭為人們速寫的畫家，他以簡單的線條勾勒人們的形神。詩人白宇也是，她運用屬於都市、上班族的意象與細節，加上詩意的想像，勾勒了現代都會的景觀。

三、自然的歌詠者

從白宇的四本詩集，還可看到白宇對於大自然的喜好。不只是她自訂的詩集名稱所涉及的風、花、雪、月，星圖、雨景、山水、雲霧、海洋、藍天……等等，都是她描摹與想像的題材，更不用說對於花草植物的喜愛。

短篇者，如《待宵草》的〈散步〉：

無人的山道上
兩雙足梭來回
織就一匹月光華緞
穿綴的流星
是圖案

又如〈河堤上〉：

雖界水平線的危顫
亦有地平線的豪闊
蒼茫野際，我是
月之女神悄然運行

不知人們眼裡，我
是圓是缺或明抑晦？
這絕對的水晶
恆足喜悅的飽滿

這兩首小詩沒有太多的華美修辭，但都寫得晶瑩剔透，星月輝映下，我們彷彿可以看到詩人白宇在曠野間、月光下，瀟灑漫步的姿態，甚至翩翩起舞，成為月光下的女神，甚至也就是月之女神，因為她的步履輕盈，舞姿曼妙，那怡然自在的神色，只有月之女神可以呼應。

篇幅稍長者，則如《一場雪》的〈雪〉，描繪雪的質地與形狀，又以希臘字母Ω、α譬喻，讓人不禁聯想她畢業於「大氣科學」學系的本業。詩一開頭就以「白之最初啊，白之至潔」來形容雪花的美，接著便描述雪花來得快也去得快，因此讓人措手不及，徒留遺憾：

早在冷雨的第一天
他就往虛無的空中

畫出半個「拗美嘎」
審判終結並無由上訴

據白宇自註，「拗美嘎」（Ω）為希臘字母的最後一個，半個Ω是樂曲結束前的指揮手勢。故此處說的即是雪花凝結很快，飄散下來，稍縱即逝，彷彿審判終結，無可上訴。因此，人們更感到惆悵了：

然而你卻闖得太近
正如從遠處不易分辨
揮動的手到底示來抑去
竟誤以為那是「阿爾發」

「阿爾發」（α）是希臘字母的第一個，代表開始。但代表樂曲結束的半個Ω的手勢，卻容易讓人誤解為α，以為雪才剛剛開始下。可是，這一切都是徒然的，因為春天已經降臨，雪也就成了「白之至真啊，白之最後」。用Ω、α做譬喻，真的是太出人意表了，使得詩歌也有科學的思維，這是白宇的獨特之處。

至於對雨的喜愛，尤其處處可見。第三本詩集《昨夜風》卷一，竟一連收錄〈所以成雨〉等九首有關雨的詩。第四本詩集《已殘月》至少也有〈雨恨〉、〈雨滴〉、〈雨針〉、〈雨夜〉、〈夜雨〉等五首和雨有關的詩。若說詩人吟詠風花雪月是常見之事，但對於同一意象、題材，可以反覆歌詠，又多所變化，實在需要功力，由此也可顯現白宇的才情。

先看《昨夜風》的〈一夜雨〉，首段：

這透明的、以全音符
前奏的雨滴，絮絮喋喋
聲聲逐風而輾轉
於燈前反側呢喃了整夜

這一整段可以看做一個長句子，係用似斷似連的句法，把夜雨綿綿，絮絮喋喋、呢喃似的聲音烘托出來。而詩中的主角正聽著這雨聲而徹夜無眠。詩人想的是雨聲可以帶詩人行走天涯，但等到雨滴從葉尖低落，也就斷了這念想。從詩中也可了解，詩人的無眠，是因為在尋覓詩句，雨聲的動靜，牽引了他的思緒。這一夜的雨，最後的結果是：

雷聲隱隱回擊夢窗的清晨
緊切的雨已漸次稀鬆
閃電搶先晨曦照亮了枕邊
不知是誰留下的些許印痕

當黎明來臨，雨聲漸歇，閃電照亮枕邊，詩人聽雨、尋詩，一夜無眠，卻也歷經了一次雨聲的洗禮，體驗了美的感受。

《已殘月》的〈雨針〉算是小型組詩，共有三首，第一首用「抹布」描繪烏雲密布，但很快的下起雨來了，雨腳細如針，白宇又用「亂針走線」來形容。最後這一場雨，下得密集，彷彿一幅「還有油彩泛動」的素畫。第二首用唱片的迴轉，形容雨滴落下，掀起陣陣漣漪的景象。也因此，雨針和唱機的鑽石唱針有了連結，白宇形容連續不斷的雨這樣下著：

好讓後繼的鑽級唱針
能立體環繞高歌
這寥寂的院落

雨聲颯颯，宛如樂曲，但也平添寂寥。到第三首，白宇帶出了這樣的心情：

亙古亙今　點滴終夜
無數層低音盈繞
雖未成篇章的
針葉的雨

終在另一片葉掌上
復刻出失憶的河
且貫穿了某人心頭
甚至還生了根

從「未成篇章的雨」復刻出「失憶的河」，也可略窺其中淒涼的心境。〈雨針〉三首，個別來看，有巧妙的聯想與譬喻，貫串起來看，又是詩人在雨夜聽雨，激發詩意的創作歷程。

在花草樹木方面，在白宇筆下有很多詩篇是寫「草木有情」。《昨夜風》卷三「契闊」，除了最後三首寫蟬和鳥兒，其餘十八首都是寫花木。無論是〈千年之戀〉寫雌雄異株的兩棵垂柳，歷經千年終於在歐洲之土會合，或是〈依依柳〉、〈遲葉〉從古典詩詞而引發創作靈感，寫來都是有情有意。又如〈槁木〉寫枯死的鳳凰木臨死前猶綻放無葉之花，〈古松情〉寫松樹為求生存，自燃以爆裂出松果中的種子，在在顯現白宇對於大自然旺盛生命力的讚嘆。

比較特別的是〈堤外樹〉，從全篇描述來看，和〈槁木〉所描述河邊的那棵鳳凰木是同一棵，但此篇的訴求卻是鳳凰木努力求生，仍然抵不過乾旱至極的噩運，最終還是全株枯死。但白宇要譴責的是：

直到疏鬆的老骨全盤坼崩
最後一縷灰藍的哽咽也消散了
始終都未驚動堤內的一扇窗

最後一句正揭穿了人類的痲木，可說是對「人非草木，孰能無情？」的反諷。所幸，對於大自然的歌詠仍然是白宇最傾心的事，《昨夜風》的〈深山的知音〉就寫出了大自然的和諧美好。本詩兩段十行，先鋪陳深山密林裡的寂靜，但又蘊藏地衣苔蘚、蟲語風聲的生機，然而一切還是維持著低調的神祕感。進入第二段才豁然開朗：

直到沛然一場解放的大雨
先是溪弦揚起淙淙的彈撥
繼而山崖管風琴共振著瀑鳴

再經八條河道搖滾擴音
全流域的小草盡皆知曉了

大雨穿行，溪流合唱，森林中的各種生物也將獲得雨水滋潤，恰恰造就了生機蓬勃、喜悅和樂的景象。大自然是白宇在現實人生之外可以悠遊的天地，而她時而理性，時而感性的手法，也為大自然創造不同的風情，讓我們驚喜、讚賞。

四、時間的行路人

白宇在第三、四本詩集，開始寫中年況味與老年心境。譬如《昨夜風》卷六題為「桑榆暮景」，其中不少是舊地重遊，回到童少時居住的基隆，就讀過的學校。〈有一天回基隆〉、〈重返半世紀前的國小〉、〈在童年的遊戲區〉、〈女中物亦非〉等，可匯集拼湊出白宇的少女時光。但是此卷中，也有〈墓園盪鞦韆〉、〈廢宅〉這樣充滿低迷頹喪氣氛的作品。〈桑榆暮景〉更以秋分、霜降、小雪和大寒四個節令，對應由中年入老年的感觸。其中有滄海桑田的感慨，也有以為是指甲鬆脫了，卻是假牙脫落的尷尬。白髮如霜，預告即將步入失憶的歲月，似乎惟有「返童」才能找回自我。但白宇又認為一路追溯，也將有力竭之時：

但攀至雲霄已然力竭
那堪負荷光年身外的記憶
只好扔棄一切錯綜的色素
將之全還原為皓白的月光

「皓白的月光」代表最原始純真的顏色，白宇認為真真到了失憶的境地，也只能拋卻一切外在之物，只保留純真潔白的心。

不過這不代表白宇已經「萬事皆休」，因為其後的《已殘月》還是有精彩的詩思與作品。〈共舞〉藉由海中的水母與「無腳的美人魚」跳探戈，翻飛的風與「手足俱缺」的落葉共舞，那麼孤單的「你」呢？白宇這麼寫：

優雅地轉著單人華爾滋

環擁透明的空氣又何妨

這首詩讓我們看見，即使孤單、不全，但白宇仍然看見和諧美好的可能，所以她才會認為單人華爾滋也可跳得優雅，擁抱透明的空氣也無妨，一切盡在我心。

歲月悠悠，白宇已年逾七十，由於一些機緣，我也略知白宇的人生歷程，其中的甘苦，不足為外人道也。《昨夜風》收錄〈接收一間空書房〉略略透露其中辛酸：

離婚後才有「自己的房間」與面山的寶坐。

當女性作家都在引用吳爾芙「自己的房間」時，白宇到何時才擁有這樣的空間與心靈？而〈禮物〉寫的是「再不會收到你祝賀的生日／只能借暖陽熨燙心底的傷皺」，這般傷心的情境下，卻有一隻斑蝶在她身邊環舞久久。於是，白宇騎著腳踏車，逆風在河堤邊閒蕩。她看到美人樹花開了，但花簇與天空之間還有一片殘缺，彷彿天人之間隔著斷橋。白宇此刻浮現的心情是：

仍堅信在第五度空間的你
未忘遙贈媽媽特別的一天

詩的最後兩句才點出這是一個中年喪子的母親，她獨自度過沒有兒子祝賀的生日。她把悲傷隱忍下來，還是相信兒子會記掛著她，飛舞的斑蝶和盛開的美人樹，就是兒子贈送給她特別的生日禮物。讀至此，相信讀者都會泫然。

其實，白宇很少在詩中提及現實生活的景況。譬喻、暗喻、想像，是她慣用的筆法，也是她用以擺脫現實痛苦的方式。從《待宵草》到《已殘月》，其間的人生轉折，總是隱隱約約，很難實指何事。但這也就是白宇的風格，她在意的是自己的詩寫得如何，而別人又會怎樣看待她的詩。我覺得《昨夜風》、《已殘月》會寫到較多的現實感悟，是因為年歲和歷練。當老年的白宇回看過往的人生，她開始有了敘事的寫作型態，以文字來回味童年、少年的時光。如果我們跟著白宇的創作歷程，也可感受到白宇在人生之路的徘徊、踱步，她有憂心的事，但也有在意的事。她有挫折，也有夢想，她始終是在時間的甬道上，行走、前進，朝向自己的目標。所以我說她是「時間的行路人」，她有自己的步調，她是內省內視的人格，以不慌不忙的姿態走在寫作的路上。

白宇《昨夜風》的〈後記〉有云：

許為避免與悲慟面對面，歷經滄桑後，不得不讓自己經常麻木。孤獨的晚年卒愈依賴最高信仰的寧靜大自然。

誠然。大自然是白宇追求解脫和超越的境地，但在心靈上，她更在意詩的創作。《已殘月》的後記〈因為缺月〉表達得很清楚，她希望湊成風、花、雪、月的四本詩集，甚至還想寫一本小說。但她又克謙，自己寫的詩沒人看，只是默默地寫著。不過，畢竟這是她最大心願，所以她也說：

無法找蟲尋花的冷雨夜，閉門也造不了車，禦寒療饑仍須煮幾個字不可啊！那麼便做龜速蝸牛，一分一分地爬，經年累月總能爬上葡萄架吧。

如今，經年累月之後，白宇終於爬上葡萄架——正式出版詩集了。而且這件事緣起於一群臺大畢業學生的熱情，他們為了鼓舞白宇出書，輾轉想了很多方案。最後，由我的同事，臺大中文系教授李惠綿、陳翠英來跟我商談撰寫推薦序。我是白宇的早期讀者與仰慕者，當然一口答應。而且在我印象中，她是那麼溫暖又體貼的人，我曾帶孩子去她家拜訪，她拿著小熊布偶逗著我的孩子。有一次文友餐敘，她還送了我一包豆酥，我從此學會做豆酥鱈魚。

我和白宇，相處的機會有限，但總是有某種緣分牽引著吧。所以我不僅真心推薦，還寫了這麼冗長的一篇導讀推薦序。在此祝賀白宇出版詩集，期盼讀者跟我一起欣賞白宇雋永深刻的詩作。

二〇二二年十二月七日

二〇二三年五月修訂

自序

窮暮逢瀑

旱灼的七月，女兒又將離開臺灣，我也準備重返獨居老人的荒漠。一向寥寂的部落格異常地熱鬧起來，原來是臺大中文系63級的同學來捧場了，遂有一泓甘泉湧現，汩汩至今，甚且成為瀑流。

陳翠英教授雖退休依舊熱忱滿懷，時刻繫念關心著周遭的師友，初識便感受她的體貼入微，她不僅來訪幫我消化了一堆積灰的存書，進而積極建議正式出版。

記得馬森先生曾云：一千個讀者跟一個讀者其實是一樣的，袁瓊瓊說過作品發表直如立下墓碑，所以早習慣自己是唯一的讀者，既享受了覓字的欣悅，又已集印出來作紀念，也就不虛此生。

老來身心俱凝滯，唯有處處想方求簡，多一事不如少一事，但拗不過三位教授的敦促，原本只答應惠綿挪出三分鐘詢問，沒想到一發不可收拾，讓忙碌的李教授為此恐已耗費三十小時了。

擅長下跳棋、總先設想好幾步的李惠綿教授，每一個細節都幫我思慮周全，她說筆名「白雨」沒有「宇」的四方天地，格局變小了；她還把我的名字美詮為「純淨潔白、無塵無染的心靈天地」，於是決定採用原名，反正Google那筆名時，全是一位女明星的訊息。

惠綿另提點套書須備總名稱，而且風花雪月應納入書名，雖覺這四個字有點俗氣，討論再三，最後遇到宋代楊公遠這句「詩敲雪月風花夜」，風花和雪月顛倒後，好像沒那麼俗套，也似乎有了新意。

慨允作序的洪淑苓教授詩家則考量既是新詩集，用一句古典詩來當套書名稱，有點不搭，好在聽說它們並非套書，那該不必煩惱了吧。不料編輯還是打算把這句詩印在封面上，想來即便近年時對文字無感，清夜裡我仍喜悠遊古詩詞的靈境，又發現楊公遠號野趣居士，或許跟閒愛晃盪山野的老嫗暗地應和呢！

蘇白宇

目次

卷一　雲中信

卷二 姮娥的獨白

卷三 契闊

卷四 深山的知音

卷五 昨夜風

卷六 桑榆暮景

卷一

雲中信

霧夜

那豪筆漫天蓋地一潑
塵市頓迷離為畫幅無際

所有雜沓紛紜的佈景
通篇全幻成留白
只特赦最近距的路樹為
淡墨勾勒的浮層剪影

唯一不肯失色的
那圈暖黃的燈暈
則恍若十五的圓月
乍然　初升

靄靄輕霧

昨夜我無言地飄過你家
雖不能緊密濃重地擁圍
也只想從帘隙一瞥君夢的藍天

徘徊間意外描填了紗窗的千眼
流連時又牽惹上簷角的游絲

萬一今晨你先初陽而醒覺
許及瞥見紗格裡透明無字的十四行
至若蛛網上綴點，或是淚過的斑痕

魅霧

裸足下凡嬉遊人間的仙雲
或是超乎氣液的第四水態

當針葉的雨向地直射箭蕺
羽狀深裂的雪以曲線飄舞
她則以整疋橫幅，渲染了
原本純然透明的通天大氣

儘管流盪著憑虛的環擁
竟似倍增了海的浮力
遂得全面托起疲憊的穹冥

天涯原就不會近至眼前，那麼
吞食了咫尺的花心亦何妨
老來本毋庸為定焦費神

固然蠻橫地遮擋住未來
又是來自於忘川的幻藥
許望君暫失憶於此五里迷茫

也有一些真面目得以被揪
譬如隱形草葉間的游絲
便一網接一網次第現跡

當一切風景盡隔離而昇華
吸附的聲音自悉數歸零

但觸覺的捲鬚反亟欲仰攀
某些氣味同時翻出了泥土

露芒

當晴晨以十二道曙箭穿射
喚醒了這月草地上的夢露
小小星星變奏曲於焉揚起

端賴阿波羅魔指播弄撩撥的
她們的七彩眸語一逕睒躲
近在眼前便正襟無邪的透明
冷凝不眨恰若無風的前夜

待退移遙想才偶然擠個眉
飛拋一閃捉狹的幻媚
分明非屬紅紫以外的光譜

相框卻始終攝留不得天機

聽說連倒立天空的蜃樓
都肯傳訊讓沙漠的底片感應
所以那絲流露眼外的會意
恆是不可像證的口風

風痕

雖然什麼消息也沒捎來
連一枚指紋都不肯印記
頻頻點頭的花鈴亦未聞叮噹
但他的的確確是來過了

葉子回眸許是一笑飄搖吧
可記憶終將飄墜入冬季
用靈魂無聲朗讀他之後
無法出走的芒草已頹然垂首

切莫把窗外的胡囈當真啊
忽忽攪動凝滯的孤寂之後

或僅招引得謠言四起
留下隻語的謎題恆是無解

永不回頭又總孑然不願居家
別奢望如雲顛沛便能追隨
瞧那草簽以荒煙的小名
不就早散佚在虛空中了嗎

風雲變

牽一髮即掀湧雲浪之後
風確也曾溫柔梳理她的心緒
裁衣築堡之外結辮又添翼
且任勞馱負遍遊了海涯

縱扯亂仍以為長髮能永結繫
誰知終古不肯留滯山凹的風
向自以為是頂天的指揮官
到底還是自顧自下凡去了

他狂笑著掃撥沙漠的繁絃
又往玄武岩壁浩奏管風琴

校閱過了大滄海的桑田
偶亦入竹林禪坐一會兒

戀風草再慌張不過偏頭複誦
那像流離的癡雲終將失所
不管如何苦苦地跛行追隨
風龍絞乾其淚即倏止遠揚

無力膨脹的雲最後免不得
粉身迫降的跌撞結局
墜江東去便回不了頭

雲中信

天空正鋪陳情深的汪藍
不覺陷溺了，那暗自
妄效銀河橫亙的卷雲
乃忍不住抽織自身的纖紗
從弱水的南緣，不停地
一直寫意到最北的山尖
只不知原先側擊的枝節
嶺後的人能完全明瞭嗎

或者該繼續守候等待
要選一片烘得恰好的彤霞
將之密密封緘妥當

再勞鴿群接力去快遞
待初弦薄涼的彎刀緩緩裁開
卻僅僅掉出來幾點碎星

書法

絕不要學那一葉一枝
老正襟楷書於山頭的樹
芒草逕自沿稜線飛白
而如煙的藤蔓則剛篆入
每一隙虛實未明的臨界

至若遊走行草之間的
應是流雲任性的天書
也算臨摹了半式風神
揮毫向八荒無跡的狂草

莫及

當山嶺正追憶太古的子宮
已流過橋下即將出海的逝水
猶自追悼日昨上游那場雨

沉雨亟欲追溯崩裂前的輕逸
飄雲方追念那擊心的重低音
而秒差的滾雷只想追奔閃電

恰似浪沙一昧追念著鷗鳥
落葉則妄圖追隨種子的翅翼
雪髮老追悔凋萎的花顏

但落日何能追緝朝曦
從上天之冬追究到春地
原來終極本是亙古的
慢車難以追逼高鐵的問題

所以成雨

小暑之夏

高寒瓊樓上的冰玉天女
晨起每喜散長髮為絲瀑
午後輒轉念細挽成髻
終未逢照暖寂寥的眼神
遂漸蓬首癡肥成灰臉婆
索性拖著一顆鉛心
頹然自棄地跌墜凡間

白露之秋

當風凝止而抽身急退

無復湧動旁敲鼓盪掀浪
上升的雲夢陡失輕盈
再也抗拮不過沉淪的重力
奈何紛紛飄零的乃萬段
無數氣球爆裂的碎屍

小寒之冬

這陣子天宮的溼氣太濃重
寢床的被褥都淤滯著霉黑
玉帝乃急令東北風跟西北風
從兩頭絞擠麻花那般，徹尾
擰盡藏諸淚斑底層的風沙
唯盼斜陽引南風復膨其鬆軟

驚蟄之春

那套過季的污灰毛衣
漫天無縫千指也難清洗
乾脆一股腦兒全盤拆散
並瞬間光觸媒以電閃
悉數還原太初的剔透銀線
再讓天女重新編織一件吧

雨前

想念的雲啊！似乎都
擠塞在西北天空，到黃昏
仍不知該如何疏散

那時蜻蜓猶踟躕於水面
焦灼的螽斯方追問
與鴿翼一般垂睫攏裙
忍淚拂不動髮梢的草葉

排立的青蛙樂團已就位
鼓囊作勢唯待指揮棒揚起
雷鼓的密點擊開伴奏

蒙著臉面、披大氅出沒的
黑雲幫，魂魄尚未出竅
不過把鴨舌帽沿壓得超低

等他們夥同眾風嘍囉颯颯奔來
猝然抽離最底層那一張骨牌
飽蓄墨濃窒鬱近真空的大氣
即將漩澴成一場滂沱

雨的標點

當然絕非斷章的句號。
應是一息聽不全的輕嘆尾聲
還有幾句讓風強行攔截的
來不及說完的話語

就這樣殘殘缺缺地
整篇都被刪節…………
如此一直類推疊複
到　天明

雨的心事

人魚啞默的水泡飛升後
原打算撐持三千米高的
冰潔皎白，要讓他
恆久晴朗地仰望

橫心決絕又碎骨一次
許企望藉著斜飛的風
狠鞭他至終都緊閉的窗
慨嘆一串未燙金的流星

可無色的筆斷續淡寫
朝暮點滴都從未成章

微弱的虛線既描不出自己
更泣不透他傘盾的禁區

只好在全世界所有的角落
每一個小小大大的水窪
密密地反覆旋簽著
層層同心的那一個名字
如星辰夜夜繞繪的寂圈

入秋第一場大雨

讓滾熱夏塵蒙蔽已久的
毛細孔，倏地全翕張開來
感知血液終又漫流過諸多結石
如屋後的河水一般激灎起來

並無藉口四處遊蕩的靈魂
總可以鑽拐進自己的閣樓
不意打開心室最下層那個抽屜
囚蟄的蟲蛹紛紛掙蛻飛出

而嘩然垂降的雨簾圍抱
原屬恍若風眼的寧謐極圈

當回甘的蛙鳴復齊誦堤岸
返律的脈搏亦穩妥似梵唄

夜半雨聲到眠床

逡行過巷陌便逕直登樓了
從輕喟逐轉為殷訴濃醇
絮絮以千盅灌耳之後
醒睡的邊陲漸入思恍意醺

分明森冷的筆觸倏爾增溫
暗地蒙罩一氅隱形的烘褓
渡引你重懷母宮的初暖

那無味的清香又瀰繞三巡
綿密在夢簾的四圍梭護
繼而將床浮昇，如雲把山托起

這舢方舟遂逆潮遠盪至洋心
可並未沾溼，反成光燦的絕島
縱猶閉目，然澄澄你看見自己
騰海指揮著魚群的交響

一夜雨

這透明的、以全音符
前奏的雨滴，絮絮喋喋
聲聲逐風而輾轉
於燈前反側呢喃了整夜

據稱那點滴心頭的馬蹄
要馱載你勇往天之涯
可雖一直雄辯鑿鑿
葉尖終揭穿了他的謊言

若至死仍無法引詩出洞
就攀爬那苔溼的天梯
登上洞燭人世的雲端吧

雷聲隱隱回擊夢窗的清晨
緊切的雨已漸次稀鬆
閃電搶先晨曦照亮了枕邊
不知是誰留下的些許印痕

雨跡

輕雷滾處公路哽咽
依舊落鎖的門如何能馱負
荒寂整個天空的雨意

一把無奈的傘其實遮不住
似雪飄浮的毛毛雨，如同
抵擋不了傾盆世界的千重

而絲雨一束束單針葉向地
會開枝長成東去的河樹嗎

雨星星兒許曾簷滴在
夢塘的小小水面，以為
能層遞漪信至日邊無盡

但毿毿的萬緒終竟
結織不成捕蟲的蛛網
霏微俱止於窗外徘徊

才翻個身便全沒了聲息
依稀微雨昨夜，原來是
連雨量計也無法測出的

新霽

連雨媽自己都覺得不像話了
怒瞠閃電之睛叉腰掀扯雲被
於是在小丸子的酣夢裡
最後一點簷滴已悄悄瞇著眼
以呵欠圈畫上休止的句號

薄曉晨鳥也摸黑趕來助陣
啄破了巷口水潦中的雲影
搶先覓得一顆頂級星星

晝夜撕搏後終綻罅隙
日腳遂沿著光的天梯攀下
剛好探覺草葉溼漉的心跳

隨即他又以千束金手指
撥弄一根蛛絲的單弦
酣彈出七彩的奏鳴曲

精靈小灰蝶也拍翅敞胸
忽忽穿繞間魔吻的朝顏
一朵朵都開懷大笑起來

太陽雨

究竟無情抑或有晴呢
至少烏雲未見鋪滿天
西山的絢光兀自燦然
那管他東坡續飄霏霏

其實拉鋸的太陽和雨滴
不過相約玩幾局撞球吧
可能雨先持萬根最細桿
打散了日光的七色小花球
再輪到線矢以母球斜擊
轉折復反撞顆顆小雨的心臺

總要等所有的彩球都落入
每一雙眺望的專屬眼袋
半天的糾扯終告落幕
回首乃見言和的彩虹
斜披南丘又跨至北陵
是為結判公證的綬帶

偶聞知廣東俗語：「日而雨日白撞雨」，因成此詩。

星星雨

塵市的銀河雖渺渺無迹
分明的月眉剛畢粧時
墨藍的晴空猶掌穩大權

縱使命定的遙遙十六光年
從不曾稍近一光秒之距
牛郎和織女依舊悄列中天

撼不動星星的烈風
方攪散了徒然的喜鵲
倏地又扯落雲帆而灑疾雨

如果此刻上弦還未西墜
東山會不會出現月虹呢
即便只是極淡的隱彩

二〇〇五年七夕陣雨

暮虹

這截即將淡出的殘虹
恐不及趕建通天的跨雲大橋
倘倚之為助跳的撐竿
可否一氣子便躍過
那間闊久遠的斷崖？

或許不該企望一蹴而就
因它原是愛神商借的虹吸管
為讓深深阻絕於山巔的湖
把淵靜的思憶滴滴點點
源源向海懷娓娓傾訴

大限前若沒法揪得漂雲當餌
好以此弧竿去懸釣溜滑的月光
就挑一朵淡積雲作獨木舟
逆夜加緊撐划這最後的斷槳
那麼至少能採撈起
一大盆星辰的鬼菱角

悶閃

荒夜裡忽有大劈棺的閃電
燎灼了北方山頭的玄雲
可雷鼓並沒有緊隨跟至
僅僅劃下長長的靜默
好幾小節的休止符哪

那奮力在絕緣虛空中張舞的
根爪，永遠勾牽不到泥土
而瞬光的河系又未沛然化水
所以雷火和暴雨或熊熊在
比你更北更迢遙的海上吧

剖心

肇始於偏掠遠海的輕颸
而盪漾一些餘緒吧
在返照迴光的晦暝裏
因為陸落山頭的斷虹
正以七色遺言下達通牒
積抑戀結甚久的雨雲
終於橫心把胸腹扯裂
披瀝一道燙灼宇宙的昭告

二〇〇四・七・十七　黃昏驚見虹前閃電

冬雷

月兒不覺已圓漲至極
耶誕的鹿橇並未見蹤影
閃躲千載的參商質問暗夜
依舊什麼也不會發生麼

忍不住的風決心要揉亂
山南山北那兩朵始終低眉
一直假裝若無其事的雲

幾番冷淬熱熬兼之峻升陡降
從頂至踵的正負電荷都超載了
飛越過上億伏特的懸念衝程

藉由霍閃的引信，他們
終於暴吼出最後的吶喊

一九九七年底某夜，冬雷震震，適逢農曆十五。

雪崩前

荒荒粹白的嶺頭
連靜默亦徹骨凝凍
在我的億年積雪旁
你也只許成就一座石雕
一片新雪都會傾蕩的平衡
是不容你喊出一個字的

卷二

姮娥的獨白

生日

今天一定是誰的生日吧！你瞧
山桌頂已端出彤霞的巨糕
每一層都還以細工捲花鑲金
雖然看不見該插的蠟燭
沒多久即會有芒束扇射而出
想必正燃點著那人的心願

日出

旭日正要從山巔探出頭時
八風即派墨雲一朵趕將前去
不由分說先蓋頂蒙上她的臉
可終究密遮不了她絲散的金髮
才發現她掙從雲指縫隙眨著媚眼
後來連掩不住的嘴也咧開笑了

癡日

以灼目熱逐伊整整一天了
終至必須斬水揮別的時刻
雖也橫著心，倏瞬跳下崖去
未暝的戀血，猶在山頭徘徊久久

即使已墜抵另一個半球的幽谷
還要借月兒澄瑩的眉眼
到伊窗邊低吟情歌不絕

光子

打從創世紀虛空的起始
由混沌黑淵中墜地以來
恆如是磊落如呱呱初嬰
何須一件國王的新衣

當雲閃神走漏幾絲天機
天使之梯於焉垂掛下神蹟
野日慌慌打開了一把摺扇
冰玉白亮的利刃浩浩殺伐
頓時剖清了黑洞的亂麻

億兆分身的部隊空降後

即從漉漉潤著金雨的樹冠
溜滑過層疊交錯的翠翼
復沿著每一片葉子的脈絡
肆意拓展其流域無限

亦見萬花旋展於壓晶膜玻璃
連剛愎的屋牆也抖舞起彩帶
偶滲入睍眼的門縫和指隙
又剔透一些往事的微塵
咿呀一聲便襲捲了粼粼華年

斷頭臺

將繼夜但未續日的空城
是斷層的黃土挾制於黑白
無依的斜影原就如藤蔓
此時更被擀碾至極扁
又拉曳為頂尖瘦長

或等不及星空陪審團的裁決了
讀秒的黃昏原來度分如刻
所以漫漫竟似與日夜平起
不成比例幾乎三分了一天

當蝙蝠來回盤旋著

聽不分明的遺言
臨刑的女子盤束起金髮
殷殷往藍鏡瞥向人世
未了情緣的最後一眼

趁玄袍即將罩下之前
定要虹裳霞帔宛若新婦
在愈來愈密的鼓點裡
以最優雅的蓮步迎向
山巔那蒙面的劊子手

落日圓

到黃昏夏陽自己也熱得煩躁
可箍著山環的盆地離海太遠了
臨寢又沒法透沐降溫的冷湯
只好就近先借包羅的雲棉
逐一吮盡周身的芒矢
待回歸成一幅嬰顏潤紅
方滿滿圓圓地，依臥入山懷

影舞

薄怯害羞的單子葉影子
起初以淡墨抽芽在草地
隨即因陽光將之烘焙得
愈加濃郁而逐漸扶疏

彷彿不甘心側身於平面
復以藤蔓的千足反攻
哈哈碩變後甚望飛上枝頭

不慎跌落水中的且蛇舞起來
柔軟能折撓樹幹的身段哩
而魚躍的波漣亦忙奏其弦

夕日決定養神時參差收了傘
尚有餘溫的碎影傾城斜倚
蹲踞在燈火幕後半掩面
要待月光趁風來逐一點名

一片月光

方掙出夢漠的黑流沙欲覓潤
驚見廚房地磚上草篆了一方白亮
灼灼若聚光燈乍然刺射入目

隨即在瞳人中轉涼而漾藍
可是姮娥無字的萬言箋麼
卻又絕不肯顯示半毫天機

震煞的腳步忽踟躕不敢挪前
彷彿那是個無底的冰淵
失足便要踉蹌墜下一百零八層

或竟是時光隧道的入門哩
能任意穿梭今生所有的回憶
且轉念就通徹了來世與前生

聽月

這面已然漲緊的太鼓
必定播得出沉低的超波
是夜該用什麼來鎮壓
想站立起來出走的影子

又當如何收攏出竅的眾魂
因為僅披霧紗的豐腴望月
還立意幻吹著魔笛隱隱

隨即如雲海掀浪的音符
若紮實的驟雨轟鳴

滿潮的月濤洶湧拍打入窗
驚醒了一切兩棲的夢遊

邀

聽說十五的圓月
將以極致的形色
在荒山崖頂的曠亭迎候
要你獨自一個人赴約
連描邊的影子也不許攜帶

踏碎花間他錯落的口信
蜿蜒將渡過銀河時
行過月漆猶未乾的曲橋
你不易自拔的足跡
難免有些兒沾粘

而姍姍月光似也曾迷途
於醉酒曼波的水母雲間
還不小心滑了一跤
在夜深露溼的苔階上

當螢火穿透了風與樹影
微涼星辰也用朵朵金粉撲
剛拭淨了夜空折角的記號
分水嶺上天衢地角終合一

月杪的下弦

許曾綻亮過微微一笑
在夜空最後一場夢的邊陲
然而委曲的身世早消瘦殆盡
慵慵懶懶拾眉筆之際
浩浩天幅已漸醒於澈藍
即連半抹蒼白的纖影
亦了無淡描的痕跡

長是人千里

我們恆久平行的瞭望
曾瞬間同向投射定影的
恐僅那幾隻漫步夢域的孔雀了

之後你便攜風遍遊斑爛的天涯
我只能在暗角從停格於牆的框景
輾轉追溯你顧盼遺落的眸光

滄桑後依然隔著好幾重山
連水中嬋娟的畸零碎片都絕緣
唯祈……此刻你也抬眼向空

那麼，我們從未對焦的視線
許能彎繞過地球，今夕
在那面圓鏡裡相逢半霎

二〇〇五中秋前夕

姮娥的獨白

漫漫又繞過了地球一圈
等追上它自轉的十五夜
齋沐後已梳妝妥帖圓滿
特意遣開多事的星星侍女
礙腳的雲衫也特意褪去了

躡手方掙躍山頭的這一刻
便緊自潑灑銀色的符咒
得先佈陣密封幽人之屋成甕

正喜那扇窗並未密攏垂簾
誰知他的桌燈早先氾濫搶灘

瞬間淹沒了心血渲繪的帛畫
硬把她的魂魄逼退三尺圈外

依例危坐絕不斜瞟偏寸的人兒
從未覺察款款於側面的凝眸
又如何能讓漲潮的慘白瀲灩
一波波疊高成狂濤轟然破門
或似飛雨淋漓他的詩境些許

這枚始終懸念在高寒的心
只如人魚泡沫的結局啞默
唉！還是讓她永永遠遠
遙掛於無極的虛空吧

晚釣

一生堅持耿直的竹翁
在鋪天的紅酒強灌下
也不由顯露傾彎的醉態了
將落的上弦應是頂巧的鉤
扯些碎雲揉成誘魚的麵餌
再牽一縷柔韌的暮煙作線
他可就要往深幽的黑海
垂釣出一尾尾燦燦星光啦

幼幼園

月娘準備上燈的時分
個頭有些兒參差的山寶寶
早已乖乖地排排列坐
圍著稍稍襤褸的雲兜兜
靜候黑森林幼幼園的老師
發放五角星形的甜點

鑄

打清早眾鳥就忙忙叨叨
據稱是幫某天字號巫師
要八方將諸多祕薪搜羅

捱至黃昏方悉數投入暮江
如此才能以雙倍的殷紅
熊熊急綻最熾盛的燄花

終淬鍊成一把簇新的彎刀
不意還附飾了幾掛佩件
那頂晶亮的連座小星星

星移

入暝後燁燁星光有點兒嘈雜
他們一路嘻笑著巡更向西
並以流金針筆在淵空黝底
細細鐫繪亙古隱祕的圖騰

可無渡的銀河亦不堪仰泳
當繁華的午夜場戛然落幕
只害伊輾轉竟夕闔不上望眼
他們倒蒙頭去雲被裏大夢了

等南極老人立舷預備揚帆
荒天即將告白的山陲海際

翻過身來，天兔才露出半截
微涼透乳香、嬰孩的小腳丫

星象

尚未及看清他煙幕的彗尾
遠去的哈雷已然消匿於今生
在那群碎片完全滅絕之前
據說要等下輩子才能再見的

後來行星也都輪番合過月了
雖已奮力運行至同一經度
再怎麼近的距離，可仍無緣
恰好墜飾在弦月的耳垂

然在星圖中從不留地址的
又從不預譜前奏的流星

終要陪葬來不及許出的願望
最後連袂墜熄腳下的殘骸
無非一塊毫無生機的隕石

至若高熾萬度所謂的恆星
恐怕根本就是一粒裝飾扣
休想從他解謎夜空層套的心
且自始便愛千方閃爍言辭
何曾聽見他正襟啟金口
說出任何一個允諾的字

永不會發光的、沉默的你卻
這般執意仰望著扭曲的熠耀
即或眸角那一小絡微燐
不過是遲到百億年的餘燼

如同一封越洋延遞的信
焉知此刻早作古成白矮
他真的，真的還在那裏嗎

無雨七夕

颱風剛擦邊島緣而轉彎
僅一絲掀不動簾角的陣風
如何捲得起清晨迷途的夢

上弦月早追隨夕陽墜海了
當螢火蟲以光語呼喚愛侶
眾星亦竊竊交閃著私話

但淚泉恐早枯竭於夏漠
不宜仰臥的小橋僵直著
硬生生原本載不動重逢

薄雲正酣夢，喜鵲也無蹤
垂地若虹的銀河跨越不了
流星紛紛跳樓，自盡

且打撈一桶無語的古井水
鎮夜以清冽的星光為白礬
無波必更玉潔至纖塵亦無

心晶

七七四十九天烈陽煅焠後
又浸沐於霜雪的銀白月照
都超過了一百零八個時辰
肝膽俱冰潔、膚血亦皆澄澈

再歷經九十九次雷霆之殛
雲魂恍已凝集霞魄來聚
可獵戶和人馬錘鍊仍未成精
那麼，是否尚欠驚虹的一瞥呢

沒

走盡樹隙菅芒高過我的小徑
另端已深埋叉分的芒萁難辨
抬眼唯見一隻蛇鷹與一架波音
倏爾便隱沒於渲紅之虛空
眼看著夕日隨時要被虎噬
而暮雲亦即將淡入墨夜吧

想起日昨一氣被雲吞了的
跟晚霞示愛的十二個心形氣球
還有所有仰望心願的天燈
然後是抽芽未久的半個月亮
接著輪到佈險棋的全盤星子

浮沉

據說一瞥眼神即可讓
沉重的冬裘飛揚出口哨
一縷虔敬的薰香竟能
輕易托載雷峰鎮蛇之塔
雲海亦得浮漂山艟啟航

然而繫於雲上的緣份
不待風起早已見到裂隙
撐持在虛渺的海上雲上
又罩不住還沒老的大地
千載不變中古的天空
也委實累極累極了

又一回全蝕的紅月之後
確知霏霧不可能攜挈樹林出走
那麼且往滿溢的月湖邊
淋漓打幾場流星的水漂吧

老地球

雖然幫浦它心臟的太陽
未曾失約依舊每天升起
但恆罩冷峻、不金也不火
這顆四十六億歲的藍色行星
確已鈍化步入癡呆的晚年

儘管有些不肯結疤的傷口
因反覆思量而時鬧苛癢
仍有熾烈岩漿澎湃在動脈
又當洶湧的月濤拍打靜脈
血渠屢被煽惑而告氾濫
滲透微血管的潮汐縱復騷亂

命定的體內循環總不得溢表

除非彗星再一次迎面痛撞
即便偶爾暈眩至地震天搖
可絕容不得火山隨意爆發
也不許海嘯和龍捲風任性
必當慈眉善目若入定老僧
因為將臨的第五冰河期
據云已具雛形正悄然啟動

卷三

契闊

千年之戀

為了遏阻愛同食材一般腐敗
有人果決地把種子急速冷凍
據稱萬年後它仍發得了芽

於是匆匆流逝小龍女的十六年
又苦守十八載寶釧的寒窯
牧羊雪地的十九冰歲也熬盡
題簽紅葉的宮女早就白了頭
那麼千年合該是計數的極限？

水竭後颱風復掀漲洪流
未削平山陵的地震，其實

不過搖落了幾張薄小的飾卡
連一盞運數的命燈都未波及
震怒的冬雷倒確曾喝令與君絕
難不成非要藉口一場夏雪嗎

危崖邊的命脈正臨界風切
垂柳還沒顛沛到會聚的天隅
只怕已在海角凝滯為化石
而無限蹉跎遷延的絕處
或逢滄桑今生的終點？
抑得再輾轉來世的來世

按：據悉雌雄異株的垂柳，雌株和雄株起初遙遙分生在異國，歷經千年方於歐洲會合，而被稱作千年之戀。

依依柳

漫天簾纖的細雨雖也曾
試圖幫她結髮卻不成辮
向奈繫不住鬼黠的星光
吹絮又能追趕至海角麼

只有呆立在他偶經的路邊
深垂著心事的毿毿青絲
千縷婀娜無力的柔情
欲回首萬緒風中更零亂

於地鋪毯的纖影，唯祈
他無意的疾履來踩疼

若幸拂觸他衣肩的末梢
微顫實因繫煞不住的傾訴

周邦彥有句原述薔薇：「長條故惹行客，似牽衣待話」

契闊

這回經年出差的主人
可是移民去了另一個半球

被遺忘陽臺死角的盆栽
惟盼朝露偶潤情淚的餘痕
或者夜霧輕拂游移的髮絲
還有冬陽一線斜瞟的眸光
以及夏颱裙邊橫掃的點滴

總要苦撐仙人掌的意志
才能時刻遙應他的悲喜

終待他返鄉啟鎖的剎那
方得以鮮綠的容顏迎迓

讀嵐兒所送《植物的祕密生命》一書，
謂家中植物能感應千里外主人的情緒。

落葉時態

斷臍（簡單過去式）

雷陣雨歡鬧衝浪的夏天
戛然而噤，又豁地轉身去遠
柄端黏膩的膠質正在溶解
薄情的離層已橫生基部
早打算徹骨阻斷水氧的交流
把燼餘的一點養分還諸枝幹
就不再回馬地決絕而去吧
惟留半痕臍帶剝落的瘡眼
印記一段盎然的曾經綠意

將飛猶戀戀〔未來式〕

僅存一絲不肯死心的牽連
將落猶未落的懸葉遂力撐
最後一莖韌連的孤脈
要學毛毛蟲攀黏一根蛛絲
先勒馬倒吊空中緊咬著椏梢
企圖以逆著時間方向的馬戲
單腳芭蕾般呼呼旋舞不暈之旋

欲落還遲遲〔進行式〕

心已橫縱屬勇猛的墜樓
螳臂猶思頑抗土墳的重力

許浮游一次紙飛機的滑翔
或單舞一段徘徊的慢板
那是左慮右疑的遺書
留戀著虛空的落途中
遲迴風箏最緩板的嘆息

迴光 〔完成式〕

終於擺脫了枝條的絆繫
豈甘同歸於根塚的宿命
雖然週身已返照昏黃
葉心尚存最後幾星翠韻
在急速焦裂的卑末餘生
即使絞入碎骨的龍捲風
拚卻最後一脈骨氣

也想借翼出一趟遠門

將飛猶戀戀，欲落還遲遲（胡緣香輪《琴韻樓詩鈔》）（胡緣，清代女詩人，字香輪。）

遲葉

漫言花落早，只是葉生遲（《人間詞》）

只因某一個輪迴的前世
彌留之際，仰首恰瞥見
她半遮於蕾的微微一笑
遂誠虔祈願輾轉了幾多世
今生，終得與她同科同屬
且比鄰此巷，甚而枝幹連理

然則他畢竟還是沒能趕及
晚了一天便又錯差了一世
睜睜僅能俯弔她零落的裙裾

萎黃猶勉力撐持過消瘦的秋
復懸盪另三季等待的冬椏
化泥瞑目那瞬息，他無怨依舊
仍企望著宿命循環的，再來世

堤外樹

防洪堤外，斜生水界的孤木
枯候著月圓，換過季又屆歲末

每一芽新綠的期盼早就乾黃
封封葉脈上的信紋盡皆委河
借風力舞的肢語並無人識解
還不曾顫放一朵無蕊的花
更休想鬱結一枚苦戀的果

撐持不過長旱至極的結局
唯幸尚能沾染野火的體溫
但紅焰再熾亦喊不出心聲

直到疏鬆的老骨全盤坼崩
最後一縷灰藍的哽咽也消散了
始終都未驚動堤內的一扇窗

白千層

背靠著我泛黃的襤褸
你恆仰首自己的遼空
從未察覺那百頁滄桑
本是累夜經歲疊遺的思漣

方喜你偶回首撕開了扉頁
原來權借當紙僅為賦桂詩
再轉身復剝削幾觸及腑內
不過因推敲要擦拭一個誤字

縱虛浮著近似相思假葉的綠意
這最後防火護骨的盾殼啊

早以膚色掩飾斑駁的瘡癤
極盡和順又何嘗傷人丁點

槁木

斬斷末梢所有的情絲
最後，連蔽體凝露的葉衣
都棄守，紛紛隨風遠揚了
唯祈禱的枯枝舉手向虛空

趕在全面瓦解仆倒荒寒前
必須從傷痕的火山口
奮燃最後幾抹纖弱的彤霞迴光
以鳳凰的赤翼昭告血書的絕筆

嘔心唱完無聲的天鵝之歌
終於被截腸斫伐以後

殘足竟有蕈菇逐日冒發
且引伴繞生於幹碑四周
巧列如一剔透的小詩

附近有一棵鳳凰木，枯死前返照了一夏無葉的花，被砍斫之後，殘幹上還萌發了好些蕈菇。

古松情

針針由來牽不成峰線
密密也縫綴不了蒼天
當然更無關乎河的流線

初冬他正恣縱抒放思懷
她猶深眠在遙遙的前世
花粉如岩漿只好按捺在心

待翌年春事都已敗退闌珊
裹著重鱗掙出芽端的她
才稍稍解碼了頰邊的風意

可苦戀的毬果還得熬釀
慢悠悠從澀青方漸沉穩
再一年終具熟透的褐面

但那徒具薄翼的種子
又鬧著風亦奈何的自閉
不得不以自焚爆裂其膛

直到種子都被嫁送的劫後
焦黑的原址僅餘一滴情淚
藏埋地層萬個世紀之後
終化石為琥珀剔透恆晶

按：裸子針葉松樹的雄花秋冬開，雌花第二年春末夏初始綻，至年尾甚或第三年春所結毬果方熟。未爆裂的松果有時得靠自燃來送出種子。

樹劫

在如此平安聖善的夜裡
為了綴飾普世的歡騰
一嬰誕生啊必得萬木枯

那棵讓陽光一寸寸拔高
終長成二十米的爺爺雲杉
獻祭的殊榮據稱早揀選命定

多少鳥獸攛梭的八旬千臂
曾豪擁雨露也傲挺過覆雪
且以冰凝的純淨霧淞，無聲
與湛湛星空遙應著永恆

但腳根斷然遭斫的一瞬
剖肝的年輪亦霎時勾消了記憶
當主動脈的白色血淚流盡
蒙塵的綠意何能再言活跳

遠離了挪威森林的兄弟友朋
孤伶伶縱頂冠著水晶鑽星
然周身鎖纏著五花燈鏈示眾
凌遲於偌大廣場恰若神豬

偽君竹

修道地穴似蟬蛻前的弱蟲
出土則必層疊嚴裹起心事
待籜葉脫落又痂以胎節防堵
即便中空卻不可以讓人望穿

那毋慮脫臼的筆直勁骨
恆向天空指揮著雲海
間奏以宿雨滴落泥地的木魚
時與山風一道合誦地藏經

側生的翠翁絕非枝節
可屬一世逸趣的英名

除非迴光返照的最後
始如火山爆綻天鵝之花

倘入其殿堂得翼翼俯首
莫說長嘯連聖歌也不宜
唯合掌默禱毋求上達天聽
只想落髮化為他根下之葉

沉水植物

著根泥沼底層的苦草
早全面沉淪於一塘死水
莫及之鞭本非人魚的游鰭
自毋須枉覓撕尾立足的毒藥

陸上的景物從水中仰視
折曲後皆蜃樓般浮升半空
恆阻隔著囚錮的玻璃池面
又何必探葉去張望人世
惟當月銀鍍渠窪若明鏡
才梳理了糾結藻荇的蓬髮

某季於浮萍猶疑的縫隙
忽爾追慕一朵雲的來去
方輾轉旋挺一張容顏浮出
可兄弟終不肯斫足飄泊來會
連作媒的流水亦告闕如
從此蕾苞都鐵石了心腸
薄削葉兒也愈見嶙瘦成線

苦草別名鞭子草，雄花成熟時會離梗飄浮，方得授粉予以螺旋狀長梗綻放水面的雌花。

花嫁

蓓蕾在暮雨裡已虔心沐馨
夜來風以纖指細柔地摩挲
復經眾星緊密美容以小針
再敷上月光深層的活氧面膜
又得超保溼凝露之長效極潤
瓣片終調理出最煥發的雪肌

然後朝胭摸黑趕過來妝紅
而苞裝靜候迎娶的小女兒
猶低眉蒙著羞怯的霧紗
微曦中待鳥囀奏響婚歌

等蜂蝶合力將蓇蓋掀起
方綻唇似喃喃：「我願意」

花落

絕無力乘風去衝那葉浪了
再如何舞終曲以飛雪之姿
總歸要墜入別人家的角隅

若幸得一張蛛網的吊床
許能搖籃著最初的無夢
或懸寄生前最後的飄泊

倘草毯裹不住橫陳的髑骨
那麼就在香階上描繪出
一雙夜半無言遠走的足印

遭風刀大卸的一瓣纖指
虛空中徒然輾轉戮力
依舊牽不到柳絮的手

當孤心萍浮的單蕊
暫且被一根游絲軟繫時
誰曾聽見她魄散的輕嘆

望眼

專責護衛小徑的含羞草
總匍匐以顯微的銳敏
警戒著每一絲風顫
可漏夜偷偷趕結的粉綵球
卻從不敢張膽啦啦拋向
正制高飛白的五節芒

只能慌張立定的戀風草
頂多偏頭複誦半闕風詞
轉意傾慕那樹環拱的山芙蓉
而猶未醺紅的花顏又欣羨
電線譜上列隊高鳴的麻雀

但鳥伍奮翼縱越過了山巔
始終不曾攀住渺邈天際
那據說是神恩賜佈列的
即溶之爍白層積雲階

有待

當晴空攤開的畫布
正期盼霞彩的筆觸
而無足若飄萍的雲
猶傾耳欲聆風的甜言

散披白髮的錦蘭種子
則候陣風鼓翎去流浪
可似乎無盡的江波擺盪
終究只為播弄一葉横舟

但瞧廣漠的白壁河灘
或寧鴻爪留印殘痕吧

如同積鬱的苔階夜半
冀望一瓣遲暮的落花
絕無客跡的山徑方祈願
大樹肯分贈一片霜葉

晨譜

趁風瞇眼失神的當兒
眾鳥迅捷切入的鳴囀
沿著斜度剛好的樹影
滴落在草地的光譜間

四分音符的小灰蝶穿繞
隨即速記下波盪的主旋律
藿香薊綻添上紫色的附點
瓢蟲還原了含羞的降記號

而壯志的副歌每一回
迂繞複瓣鳳仙再起音前

頓息的落葉或許是想
劃下延長的休止符

曲終

斷在山鬢樹頜的落虹
循著一首歌的黃昏小徑
迎面闖入密密林中
昔日的菇蕈陡然冒出

而後切分的螽斯
又以微跛之笛引頸
在月光的濃霧裡
迂迴曲折地探路

如若燃點一抹花香
裊裊繞著高音譜表

旋律的煙梯，能否
直登記憶未散的閣樓

但那連續飛奔八小節
三十二分音符的伴奏
好容易快抵達雲霄
不小心又滾落了下來

夏蟬

不肯停歇地線鋸著
從這棵樹纏結到那棵樹
越過此丘復昂揚至彼嶺
為渴飲霜冷西瓜的熊紅熔漿
終思能將烈日對剖成兩半

持續的震顫其實也企圖
扮雨聲灑罩一層淺綠的沁涼
又誰敢說他譁噪擾人呢
你看連浮雲驛動的心
都漸漸凝定下來了

圉圉繡眼

打從畫眉蒙恩升格至保育
青笛仔便接班被抓交替
就此再不能懸吭櫻蜜的春紅
也絕緣於啣綠枝去蹦寫藍空

縱不致條紋著黑白囚衣
雕刻竹乃至紫檀木的五星籠獄
甚或還特意裝飾了壽文
亦時見森然的交叉骷髏

在黑罩壟斷的極地永夜裡
唯每日吊嗓子的炫示公園

方得晤見片霎曙光的芽眼
可總未及散葉即告落幕

要待年度吟鳴比賽裁判一聲令
乍掀那不准怯場的強光舞臺
方挺胸與成千牢友競頌自由
高歌那先天駝背的人工黎明

常恨無法俠劫的幽閉恐懼病友
終在禽流感雞城瘟疫的焚燄中
痛聞號稱要積放生功德的鳥店
不得不自動打開了所有的籠門

鳥犯

要不要吹哨攔截這些鳥兒呢？

當清晨的亂霧尚且徬徨河面
綠繡眼偏接引它來侵巷穿弄
或者蒼鷹淩空如一劃飛機雲
硬生生塗鴉了純淨的藍天
還有一隻雪衣鷺正大刺刺地
在鬆露未晞的草地踱他的哲步

而老愛超速斜掠車陣的燕子
更任鑽騎樓且懸築違章之巢
也趕建洞房的啣枝黑白喜鵲

剛搶過正午十字路閃黃的警戒

又一群灰鴿才飛破煙霞
還想蠻闖落日那個大紅燈
奔赴遠海鯨背上月光的邀約
五色鳥則將夜幕啄出了星星

到底該不該開一張罰單罰呢？
傻眼的警察猶自勤翻著條規

卷四

深山的知音

冬晴

居然纖雲不染的淵空
慌慌日頭也尋不著依傍
虛疲的光矢蹣跚抖顫
穿不透已聚苔的寒甲
唯零落的長影斜醉一地
冽風中且湊不穩半角碎網

春寒

冷不防寒意又回神來突擊
聽聞違例的三月雪紛紛飄落
於五十年未見皓白的山頭

穿梭杏花春雨的間隙
而不沾衣者可是燕子嗎
萬般思緒最後也只能
鬱結一掛不惹蝶的破網

依舊長落門閂緊掩窗隙
在連幌地震逼醒的冽晨
靜數盆地邊山寺的隱隱曙鐘

努力平抑近日衝高的心頻

起身點火待茶水漸沸
忽見凍窗已浮泛一方霧箋
被磁吸的手指，禁不住
簽劃下的，還是那個名字

春之歌

終於匍匐鑽出了霪雨的下水道
卸脫厚重的袍繭，蛻換上蝶裙
蟄藏暗箱的底片豁得曝光

驚雷橫閃所有蚌闔的芽眼
要那些唇邊若無的笑意
倏地全然開暢了胸懷

當迎春素馨跟冬眠的太陽
一塊兒探出暖黃的歡顏
醺酣的天氣要請君乾杯

短翅樹鶯每天都趕早播報
急蹦亂震著嶄新的捲舌情詠
讓老榕也不由癢翻了長髯

如四處蓬飛的絮籽想去非洲
眾心也追隨氣流輕浮起來
祈願上昇至清朗高昂的天際
便與巡嘯的大冠鷲比翼滑翔

瞑河初夏

當月見草乍濺銀眸之波
裂綻她的四瓣心房心室
赤蛙已提早打起了落更
有必要小心螢火嗎

一夕雨讓河有了寬闊的胸膛
去冬即入定的水黃皮
也禁不住派遣皺斑的影子
跳到河心奮力仰泳著韶華

惟夜鷺浮雕的側影紋波不動
可魚兒潑刺攪拌路燈的光穗

恐挨近水面的鐵馬亦得慎防
滉漾的晶盅正誘他俯首醉飲

縱匍匐無翼、無睛又非兩棲
出土納風的蚯蚓卻自我恍覺
豁然裝上了三萬枚單眼的複眼
突變作環視三百六十度的蜻蜓

秋蹤

彷彿有一聲露珠的嘆息
昨夜潛滑過坎坷的屋頂
她踮趾留下轉圜的筆跡
隨同幾片不死心的黃葉
已悄然落款於簷下窗臺

蒸夏亟欲跳接凝華至晶冬
總想將此過渡的季節隱略
於一忽兒閃神的括號裡
但新霑微潤的影子素描時
偏愛把逗點的腳伸得老長

於是樹影斜曳成一弧鞦韆
垂繫在躁葉和鬱枝的淡日間
邀風也閒坐下來悠盪午後
而散步的視角則貼伏草地
悠然平行鷺鷥婷立的眼神

第三樂章的淡茶秋光
恆常奏鳴以和煦的行板
可雲霞好像慢了半拍呢
揮別了最後薔薇的熱情
聲音的浮沫全都沉澱下來

山芙蓉拈葉從上游一路含笑
趕到堤邊粉頰方漸生酡暈
曼陀羅正預備旋舞圓裙時

遠谷凹地似有白色的風召喚
此際連完整的孤獨也是純白的

冬至

直通通一陣風刺入骨裡
早就把曾經光合的印證
最後一片葉也收拾殆盡

影子頂斜長的黃昏時分
杵立在長巷這一端的你
髮絲末揚起的影梢，許曾
觸及街底某人的腳跟

踩空而落難井底的淵夜
總該開始召喚回音了吧
據稱即將增溫的日腳，從此

會一分分地豐腴起來
摸黑攀壁亦終當出土

不寐

雲袍攏藏星圖的這夜
一截乾枯的斷木漂流
在大洋四望不見他葉舟

任思緒的散彈自戕千孔
再耽飲不解渴的鹹水
仍無法沉入珊瑚的夢域

外太空會飛來一塊隕石麼
需要金屬的巨壓
來滅絕最後的浮力

是夜

光的存糧恐已見底了吧
煢煢孤影仍支頤不肯入睡
不宜清醒呆立巷口的時刻
每顆過路的星星都來盤問

無人接聽的電話持續響著
一輛摩托車闖蕩禁忌而來
又呼嘯著堤外的月光而去
許載走了一些靈魂與風花

當河水引頸向漲潮之海
許仍有出水的魚升騰漩漪

可星宿間的床單早泛皺摺
還能謾想流星雨灑落嗎

於瑟縮如雪的隱忍夜灘
檢拾朵朵複印寂寞的腳印
能否磚砌為化外的時間
或揑成小石虛填那空茫的穹谷

最後一班無人駕駛的電聯車
剛彎繞過墓冢停靠在醫院
從七樓起按的迴光詩梯
即將直抵太平的地下二樓

頂多打哆嗦的玄衣沉夢
縱遭亂雨鞭笞亦未吭聲

而等不到雙鴛的幽階
滋生的蒼髮已迅疾蔓延

夢域

非得每天漲潮一次
誓要你沒頂才甘休的
肯定是一種流體吧
只待那玻璃驟漾起波紋
便能和衣潛入鏡後的海

隱約有非花非霧的窸窣
倏爾又淡出為純玄的靜默
欲攪拌那濃黑的咖啡
海上遂升起夢霧的狼煙
或可再加一匙星砂糖

不過閉目躡腳的偷渡客
稍未留意踢到一顆石子
立時就被逐出莫須有邊境
再龐然的鯨身也終要
頹然擱淺於微曦的淺海

清曉

滲濾過薄夢的半透膜
白面分子正點滴擴散
幾經漂洗後，濃墨夜
終究也逐漸鬆淡了

在魂魄流動的邊界
天堂的星沙，一粒接一粒
正仄行過銀河轉彎的瓶頸
悉數墜漏至無間黑洞

遭深埋的精靈無法再具形
僅留下落荒出走後的空位

但平抑的影子似仍耽溺
雞鳴後還不肯醒過來

幽微的藍色時刻將至
鳥翼忙急著犁翻霧田
淡濛的渾沌皆浮雕而出
今天已經是明天了嗎

山徑

為守候那不會赴約的松鼠
幸得樹臂牽一陣風前來
雖永遠等不到一場雪飄舞
上蒼又償送一批落葉翻飛

擎著聖杯的姑婆芋方斜傾
溜圓的鳥鳴就順勢滑落
隱隱有花香蜿蜒挨近
琉璃鳳蝶隨即循線翩躚

當蕨齒細密而悠緩地
爬梳著兩側幽林的隙光

樹影則在階梯的灰石鍵上
巧妙地裝飾了黑鍵的半音
待拾級便將履奏一廊響蹀

山僧

始終置身飄搖的雨外
低眉趺坐於河岸的蒲團
這萬古青峨峨的峻陵
拈花都不肯微微一笑

那怕浪雲洶洶來摩挲擦肩
儘管癡霧曾刻意呵癢試探
縱使百鳥晨昏以魔囀撩逗
風也遞送了無數赤誠的情葉
姮娥徒然欲勸飲醇醲的銀釀

耿耿不寐的星眷眷又回首
花開復落啊任春去虛遠
奈何永照不透他密心深處
陽光方蹀躞亦束手棄箭

而他恆垂霜雪冰凝之睫
合什枯枝盤釘在如如根岩

深山的知音

原本不願被人覺察的
朝暮沈吟的心跡，向來
密篆於地衣和苔蘚之間
偶借蟲吻點字於葉脈上
或趁風擺枝比劃過手語

直到沛然一場解放的大雨
先是溪弦揚起淙淙的彈撥
繼而山崖管風琴共振著瀑鳴
再經八條河道搖滾擴音
全流域的小草盡皆知曉了

泰山

曾經最愛吊著剔透的雨絲
越過這幕層雲到那朵積雲
又喜攀住瀑布的白練
打此高峰飛往彼峻崖
終也盪膩了林中各式藤索

向來懸空的飛人，如今
只願被伊的髮辮揪著
要從她左耳的銀墜子
緩步過微顫的頰唇
全然帖息於另邊耳垂

石文

據說大洋要能號稱太平
是因為喪失了所有的記憶
豈知收納的海底多麼崎嶇
從塊壘稜岩卵石而沉積土砂
盡鋪敘著億年的時間摺痕

層層疊疊原是這行星密藏於高林
滙聚了無數道水流涓涓滴滴
迂迴過崖谷沖刷激盪的心事
入海後終歸要回來再造幾座山

君不見思緒紛紜的江河
正迴旋著前生的雲煙
而一如紋身貝殼的回聲之波
白雲岩冰肌上的胎記
又隱約複印著流水的圖騰

至若悶無火口去噴薄傾訴
且無緣凝華固化其滾燙情熱
只得一直深鬱地腹的岩漿
悠悠世紀方冷凝為烙畫花崗

無論浴火煉就還是歷水劫而出
再變質成晶玉乃至曲折為大理刺青
每逢大雨澎湃或者電光閃擊
當石魄被點睛著火的那一瞬

便油然憶起海底和地心
萬千個曾經流轉的前世

月洞

遙喚引路的並非桃花
天不肯鑿滿的缺刻之月
已背叛了瀚海的浩藍

彎進這無光的不流狹水
當蝙蝠鐘乳與時間皆倒懸凝定
唯昔日的石卵冰鎮於泉底歷歷

真的有活源在山心深處麼
但眼前是僅容回頭的仄衖
小舟和舟上的人都，只能
也只能走到這裡了

冷井

最後一夜映照的星眸
雖曾以溫婉無息的步履
繞行過明滅的夢域
然則昔日確已出走天涯

旱季又持續得太久
空盪盪的心靜極了
敞懷嘶喊纖弱的水跡
四起也僅有回聲的單音
汲取不到地層下的泉脈
更休想牽連荒瘦的流河

能否竟如長根直通地心
引沸一次奔騰的火漿呢

有一隻小蛙在井底
引頸那圈狹心的雲天
恩賜一顆流星拋下光索
借以攀緣著遠走他鄉

片海

在對峙的信號燈塔之間
跳著浪繩的遠帆，剛剛
不小心，踩了水平線

小艇飛刀刨出來的濤沫碎屑
都是從號稱太平的遙遙大洋
一步一步拾回的記憶麼

遍尋不著旁人丟棄的故事
發不了芽其實又軟弱的蟹
遂選擇寄居在萬年寶特瓶

僵固而無轉盤的岩石陶坯
端賴浪花自個兒不斷地旋身
鏤骨終淬鍊成皚皚的詩句

峻立的鷺群瞧著可不服氣
忙聯翼振揮雪白之羽毫
也落筆在汪藍深情的天紙

海堤

在連番逼供的濤峰
與濺淚的碎沫之間
前無去路的胡同絕盡處
並未封死然不通羅馬

即便它再若跑道延展
縱使你張臂更加速快奔
讓襟袖都蓄飽了風能
依舊無法衝天起飛
連雞都不是，更非鷹或航機

再跨一步便是懸崖了
管它是否沒丁點彈力
何妨當作表演的跳水板
就此騰身躍入大化吧

關於島

1

某年某月某一日，向晚
天空的烏雲越結越夥
沉甸甸的體重超過了海洋
水平線便蹺蹺傾斜起來

船長趕緊呼叫碩望的鯨群來馳援
誰知分量仍不足以鎮壓，臨危
海底火山及時噴發，迅即凍卻
乃浮出平抑制衡的一座島

2

都說我患了自閉症
思緒每天兜繞之後
必又踢到原先那顆石子

他們卻不知我夜夢的帆
可以從每一粒沙中升揚
任意奔赴三百六十方海涯

3

其實也是一枚漂棄的貝殼
不萌初芽不印足跡的石澗間
依稀還聽得見岩漿凝血前
不留餘地的最後傾訴

4

終不再眩惑於流雲的眼波
始抉擇孤月為永恆的戀人
然每遙對必有大波喧攪
而潮退後坦露的全心
已轉至背地的她無緣明察

河口

把連綿思念的兩岸山拋躲以後
攀附唯剩累月失根的枯木
虛空的界面不時還流連著幾個
萬年不朽也不藏信的寶瓶

結伴或有一群離家漂泊的腐葉
將近滄海的難為之水已告質變
是否得飲乾整罈河釀
方能抵達盡處的忘川呢

至少不宜再隨波東泛了
趕緊學鮭魚枵腹竭力迴游

逆溯重重記憶的激流
許能回到最上游的那一年

那時的歲月陡峻但寧安
混沌還沒有鑿出第一竅
純粹的元素尚未形成化合物
細涓從不曾料及墜崖的狂湍

世上的他，單單是
是，另一個人

橫舟

難道那是紙紮的旱船麼
傳說中載滿夢櫝的郵輪
早擲過瓶卻仍堅拒下水

大港空蕩幾十年只如淺灘
每日但依例迎送一束夕陽
航道淤積似傳單橫飛的窄巷

或竟是諾亞的方舟哩
其實要待世紀末的大雨
才肯啟動處女之航

整河

挖土機如龍捲風突襲
一筆勾銷了夾岸的綠
舞風的芒草披靡喪氣
白蝶薑皆不復攬水自憐
與薜荔苔蕨共生的眾樹
淪為撤防護蔭的泥菩薩
並未收到遷村通知的魚蝦
俱滅頂於抽脂的土流漿中
闊斧塑割錯誤的曲線後
還務必去除岩縫泥層的細皺
要拉緊成平僵不笑的灰皮
乃掘採另一條河的沙石

混凝多種酸鈣的水泥
膠漆住週邊所有的毛細孔
不准他流汗更別說嚎啕
再圍一重鋁柵加一道鐐鍊
便終日瞇睡若動物園的馴獸
曾經風發不羈的野河啊
現今已硬生生囚居在大溝牢

卷五

昨夜風

說與誰聽

有一個祕密，當然不能
不能告訴那多嘴的
又愛串門子的野風

說給大海聽呢？只怕
億兆貝族正躲在所有的角落
不遺半字地錄音，總有一天
他們要轉播未設防的沙灘

至於誠懇的藍空，那管得了
流雲朝暮變幻的心意

怎料她會到何方去搬弄
一場粉墨狼狽的大雨

入夜的星星也靠不住，瞧那群
時時曖昧擠溜的小眼睛
還得穿過層層扭曲的大氣

找一朵花傾吐更不妥當，即使
她只跟蜂蝶招招手便辭世
終將留下證據確鑿的果實

或許可以緊貼著一葉小草
耳語盡了就打上一個死結
正如此心亦同時落了鎖

曾經

每回在心院裡燃起的烈焰
升至唇際都僅餘渺茫的煙
難道伊竟是異國人不成？
一爿嘴恁是頂拙劣的傳譯
若非遺漏了最緊要的一段
就是一直在邊界兜繞
或者把一切匯入靈魂的港口吧
脈脈間定能到達彼傲岸
誰知終於碰見了伊，卻那樣
那樣專注地檢視自己的鞋尖

如果

如果一粟蒲公英的種子
能鳥般飛向天涯
寧可葬身於大海
也永不迫降凍岩

如果一介卷積雲的冰晶
能風般遊遍八方
情願碎骨在虛空
也絕不失足泥塘

如果不讓新苗牽成林不許山澗漫為江
啊！如果——

如果我從不
從不認識你

向東

我們還是擇定東方吧
得追隨江水的流浪，但
要跟追日的夸父逆向
而行，一直一直向東走

當城市的愛情大塞車
鋼骨與山丘的高柵橫亙
與其錯陷巷弄叢林的迷宮
不如趕上天漠的雲駝隊商

可指引的三顆星尚未燃點
且等一陣暮雨起造的虹橋

落腳於河流出海的東北岸
便能緩降一爿雙人份的沙洲

或待一枚月亮貼紙，剛剛好
浮嵌在盆地的缺口，我們就
攜手從那唯一真正的圓窗
越獄飛去宇宙外的新星啦

背對

中間大概是悶沸的岩漿
連同兩層蘊震的地殼
奈不知如何曲拗的視線
各漠瞪日夜分轄的天空

也許僅隔著一張零時差
且瞬息可飛灰的薄紙
但兩頁拖著腳鐐的鉛字
並無絲毫轉圜的餘隙

或竟是決鬥前的緊靠之姿
只要再朝命運走上三步

不論是你是我隨槍聲仆倒
終擁有扭轉大局的一眨

對決

苦練二十載的劍法又有何用？
當她的眼神靜定——出鞘
竟逼問不出半式一招
除了慌閃，他只有，倒退
退至最末的一步，才知
背後已臨深淵萬丈

當時

隔著尋常的一方木桌
各自捧著一杯淡渺的茶
瞬息間桌面淺綠的迴紋
許曾幻裝成青青草原
還有幾句虛言穿蝶衣舞過

可室內並無知情的一片月
而知情的燈早更迭了好幾代
而後塵埃便飄覆似夏雪
荒蕪二十年後終凍積成冰原

那杯冷茶倒是愈加濃郁
且苦澀直如黑咖啡了吧
沒人肯去加糖，至今
只得道是尋常，如舊

驚夢

忽地給逐出了虛界
自淺夢深處的又一個夢境。
周遭靜落落的，這回
可無關風，更賴不上雨
貼牆的影子也未曾離席
只見一群星星推擠在氣窗
並狼狽掩飾著閃閃笑意
莫非是從他睡鄉起飛的
幽浮，剛剛打這兒溜過

昨夜風

大清早你推開夢域的城門
踮腳眺盡八荒長路的盡頭
全然未見一角他的衣襟
那麼究竟，他確曾來過嗎

恍惚夜裡他曾輕聲叩窗
還遞進一張霧的名片
但枕畔沒有回聲的囈語
早倏地轉身而消匿無跡

僅怦然的簾蘇猶自奮力琢磨
妄圖拼湊一枚完滿無缺的指紋

那半杯冷茶算得上鑿證甚至信物嗎
連煙蒂的餘燼都不再隱身於虛空
攪動的大氣也已沉降復告凝滯

雖則他在水上寫了不少詩
又編纂連篇的神話於雲端
還指了指天邊霞光道
喏！那就是我隱身的去處
但，我們，真的，相遇了嗎

捉影

務必，務必要保留第一現場
如同一樁刑案才發生過
若無的情事也一定要拚命
設法，握有一丁點憶證

且雕塑自己成原先的坐姿
微笑面對他離去的空位
當然絕不准輕挪桌椅分寸
更捨不得清洗杯緣的指紋唇印

但煙蒂的星火很快就熄了
而即便緊閉門窗未滲入一絲風

他的氣息終將要逐漸淡滅
不肯落定的塵埃，也還是
欲累積卻終至湮沒了無痕

後來

後來他們比翼的雲翅
讓一道冷鋒撕開了
兩滴微眇的淚
草草分葬在天山兩側
罕雨的大戈壁，無跡

後來他們並蒂的瘦果
各自攀搭任性的風
蓬轉萬水復千嶺
降落熱帶的，結變異的籽
嵌在冰極的，拒開無果的花

後來他們連鑄的腳步
給失靈的號誌引岔了
遂以最速件從信箱乘電梯
塞入兩棟大樓的空調甕室
完整的孤獨，不再拆封

兩斷

揮刀萬勿再徒然斬水了
更不能一分分細切著藕片
亂麻必得當下俐落剃度

所以決絕的時候，請別
走向那條筆直的闊路
以免背影黏滯窗上久久
也莫騰空十八拐迂迴之後
猶立山頂揮手如未散的煙

當大雪虛白了天地，最好是
瞬間便位移至另一個時空

連一個足跡都不許拓印於此星球
絲毫氣息也不要留佇今世的輪迴

陌路

沒有開始即無所謂結束
未曾相識，便不用道再見
萬一我們不期，而乍逢
於一條來不及回頭的窄巷
那就趕緊低頭把眼簾垂下
假裝是傘遮住了視線
假設大雨正綿密無邊
連寒喧都不必匆匆擦肩

從此

你去古城調理你的四季吧
我仍在極圈守著恆冬的永夜
你聽不到我耳際的片片風號
也看不見我目擊的每一場雨泣

換季線上冬春正壁壘嚴明
參商原來確乎分屬異國
不論浩浩湯湯隔阻一條河
或者橫梗一座巍峨大山
還是棘網前持槍的檢查哨
雲霧終掩護不了緝捕的強光

絕偷渡不成的天上人間
與島群擦肩的循環洋流迢迢
也只波流著小小幾尾魚屍
此地星星才睜眼你已熄夜燈
萬里亦不再共雲紋與嬋娟
既換不了日更偷不著天
還有什麼能穿梭時空呢

別式

打一開始就預備給你送行的：

假使你搭機破空飛昇
俗麗的花環向來虛套如戒指
請俯察漫天繾綣的雲絲
那是我禱祝的焚香繚繞

假使你乘船越洋遠歸
各執一端的綵帶終要成斷橋
且垂聽舷邊浪絮的翻騰
那是我說不出的一句叮嚀

假使你坐火車穿山而去呢
如今已沒有尾煙相隨了
河水也只能追奔到月臺盡頭
唯綿綠的心意一路迎送……但

萬萬沒想到你忽然從街角不告而別
沒有馬鳴和殘笛，並非斜陽照長亭
我竟是呆立的路樹揮不出手
〔唉！若是柳，還能在淒風中拂動長髮〕
之後，繽亂的雨點啊落了一夜

訪

「So what!」瀕臨結局的雨雲向彈低調
「Why not!」任率醉步的風朗聲鼓勵
而徘徊過一千個窗景之後
乍然閃出的第一千零一面明鏡
卻以灼灼的反光迫你回頭

愴徨撤退至水護的橋心
雨正企圖留下曾經來過的字據
只是一筆筆終都要湮滅無跡
設若潛化為魚或能日夜仰候
但恐他聽不見你傾吐的泡沫

忽喜粗略的水鏡霧化了滄桑
那麼就縱身為無體無形吧
等黃昏他散步過橋偶爾俯看
魂兮方凝偎他水中的倒影

反正

驚豔岸花的河水
至多回眸打一個旋結
終歸要溺斃於鹹海

從宇外奔赴地球的流星
縱自焚亦爆不出呼喊
許曾邂逅半秒的那雙眼睛
再無處去覓他沉黯的骨灰

反正秋暮結局的落葉飛不回春朝枝端
而你路過這城的一聲輕歎
也改寫不了天際的一絲白雲

留白

面對不容重來的今生畫板
那隨時會為玉而碎的心
始終不敢描下第一道線
更何況任何沾塵的色點

清晨到黃昏，多少次伸出手
卻依舊拿不起太重的話筒
日落復黎明，從年少已邁入暮年
提起筆仍觸不著太輕淡的信紙

請勿怪她遲遲不肯出場
只因為臺詞還沒有背熟

一遍又一遍補妝還不夠完美
更害怕註定幕落人散的終曲

獨幕單場無法加演的這齣戲
豈甘心任意滲水拖沓
對白與結局亦無權改寫
出了場就得不停地往下演
最後將再也挽不回一切

那麼就讓舞臺永遠空著吧
或許連雪幕都不必升起
如不肯收容一絲毫髮的
月光的留白
也是絕不許含納一粒沙的
迷霧的留白

診

仍相隔五個循環的季節
永遠近不到把脈的距離
綿延的視線竟能聽診嗎

說是惡菌向來潛伏血中
一如夢本蟄居日子的同溫層
稍怠鎮壓即高舉政變的旗幟
無名熱或與暮霞同燎
或被流星點燃於夜淵

趁處方尚在猶疑，請速速轉身
大淚一場，或可暫釋超載的能

似曾

居然遠遠望見久違的你
在夢中異鄉街角的咖啡座
忘卻多年未逾的種種圄柵
本能反射地走向那磁極
凝滯的血液重新奔流

一陣熟稔的迷霧漫過來
恍惚間似乎是同樣的
相識的前世的場景
無聲招呼的手停格在半空
連微雨的滴淚也是

然則近前你卻面無絲漪
難道只因全非的髮容
或竟早已屬魂魄悠悠
原來我已然隔絕於來世
而你仍在你自得的今生

迷宮

以為那是仙境桃花源嗎
說它根本就未設出口
可誰也不願意相信
總得你躲我藏地兜繞
自個兒去跌撞碰壁幾遭

如果能到遊樂園上空俯瞰
似乎有點像神祕的麥田圈圈
或者四季星座排設的密符
條條死弄向來不通往彼此

已近黃昏況是陰晴不定
竟惑於絢麗的返照迴光
抑蠱於一聲水的花腔
便冒然獨闖入難測的深山

荊棘與狼嚎四伏的森林那頭
並無糖果屋或貴族城堡聳立
恰如痴呆老人盡日喃喃所言
終點許僅是伊甸園外的一堵牆
一點星眸將會指引一生嗎

答案

匿藏於夢回的謎中謎
答案會在風中的雨裡麼

可能早被遺落在天外
某個螺旋星系的絮結
還是篆刻於玲瓏套球
最內裡那一層的死角

或本囚錮萬年冰川之心
原就是無解的亙古疑問
倘硬要推開最後那一扇門
迎頭的不堪，許更甚死亡

舊精魂已在時間的虛雲
龜裂出層疊的皺紋
而呼喚的微漣幾近無聲
又何能抵達遙闊的彼岸

滂沱大雨，二十年後
陌生的回答，依舊凍冷

獨木橋

愛河上向來只孤懸枯幹一支
然則七色虹霓恆僅幻現
陽光與眼睛的對岸，且屬
永近不了一分的蜃樓海市

如同晨星總嚮往黃昏的頹雲
無渡的東樹偏要朝聖向西
從此岸啟程蟻行的一片葉子
子夜終於飄抵他方的時分
已謝的彼岸花早結子待風

而一齊由兩端出發的冤家
註定狹路相逢在窄橋中央
必將同墜等著攔橋隨行的惡水
若幸矛與盾雙方甘心棄甲
許得就此呆映儷影在框鏡

至於錯身搏命過了河的卒子
各續浪跡都寧異鄉客死
也不願在分別的斷崖上
再搭築另一座相逢的吊橋

泛舟

只緣困躓崇嶺的累傷瘡痂
不堪再回首山頂的約盟
遂取次水道遙想著浩闊的海誓

聽說它竟如一瀑傾瀉東去
縱大彎曲折應不致岔入仄流
記取初戀無備的久久灼痛
這回長袖長褲連寬帽武裝
還挑了有雲庇護的曇天
然而看不見的紫外輻射
依舊暗地灼膚更悄悄烙心

登艇後便是上下無著的浮萍
場景變幻只如映畫浮掠眼角
不容溯逆的單程亦不准登陸稍歇
絕不許站立也不宜交換坐位
僵局挨不著邊只好專注操槳平衡
雖曰險灘並非大洋的駭浪
難免時會翻覆於激流漩渦
落水暫陷溺幸得救生衣託賴
只不過回頭亦無岸哪！終究
終究它仍是一條no return

象限

在婚姻制度的平面上
若不幸落在左下象限的地獄
多半得負負纏鬥一輩子
入棺前才能領受相乘的正果

右上方的第一天堂固佔四分一
然正妹迅即耗損成難嚥的糟糠
鑲鑽繡花的枕頭很快就露餡
所謂仙眷恐不及四百分之一

其餘半壁的凡間地雷處處
自詡當然是正值的黃金貴族

豈可找個負號的對頭來拖累
沉淪此生至零下的負債

不如死守在能觀望四方
絕對冷眼的零原點
連半步都不要跨界
頂多躡手在象限的邊沿
偶爾虛談幾下線性戀愛吧

冰雕

在亞熱島上妄圖雕琢愛情
即便一尊最迷你的神話
都必須藏入阻絕塵寰的冰庫

先罩上燦笑的華美厚妝
戴著兢兢臨淵之耐性手套
再細鑿以偶像劇的匠心對白

而剔透本源自極淨純的水
自容不得一個爭執的氣泡
人間煙火更休准欺近絲毫

終得凝晶為瞬息的琉璃
並以彩燈炫展於世之際
保鮮期已然開始讀秒倒數

鑽石

他早立志要不朽勝人面石
終琢成五十八面體的結晶
絕對不沾六慾的玉潔
想必是個無血的雪人

可太過耀目的頂級炫燦
連名模走秀都請不到保險
也只好將他終身禁錮冰櫃
永不准貼近有體溫的頸項

而遲緩的我怎有神偷的靈巧
既穿不過紅外線錯綜的迷陣

僅能偶爾遮掩在人群中
隔著防盜玻璃乾望他一眼

愛情影片

大批淚液淌墜又趕著蒸發，瞬即
超乎百分之一百的相對負荷
這低溫的暗廳勢必過飽和了
穰穰垓垓的小水滴便棄鹽浮游

情盲白色時就算打開霧燈
不過推伸眼下一尺的短視度
當陽光終結迷離的故事
夜霧盡散……人，也散

所謂愛

物理現象

似乎多半罹患了日盲症
可又據稱情人之眼分外紅紫
七色的彩虹當然隨招即現
除了特別靈銳的西施光譜
他們還看得見光外之天
而在極近光速的約會中
身體厚度已相對縮小至零
時間也彷彿放慢至靜止
且堅信於此不容髮的死胡同內
肉搏巷戰中任何相互的作用力

絕不隨時遞減反與日俱增
當然亦不與距離的平方成反比
而是更行更遠還生的春草

化學分析

倘定性這項化合物所含者
不外風拂的大謊與花綻的甜言
還有盟雪的山加上誓月的海
或者再摻幾粒幻星催化劑吧
但無疑是找不到還原劑的不可逆
各種激素又似與毒品的成癮雷同
餐風穿花飲雪宿月者自毋須進食煙火
全不管烏龍蜜語幾泡後早就無味
即便風逝花謝、雪溶月缺之後
亦可端賴反芻回憶悲喜的鴉片

而其實所有的泡沫一吻即破
無論電光石火或雷擊，一旦
放完電俱將中和成非男非女

數學運算

所以你正我負會互抵成零嗎
不然索性把一切聚散得失
取絕對值便恆大於零了
總之這當中可沒有標準答案
一加一常大於二甚至無限大
分別後二減一許只餘下零
或竟是個無窮盡的負數
怕無垠沙漠的日曆往前行進
卻不知所終如落葉厚積
寧喜數字逐一地減少

計時不如永遠拗口地倒數
便將日夜細細切割以分
甚至讀秒來漸入約定的黃昏

那人

據云他已往極北的山寺
而崖上危生一株絳草
或得一步步打樁去攀岩
縱使地圖上能定位又如何
他噴射出雷達幕而消失的
黑點，反潛航擴張於心

本一逕匆匆穿行林立的高樓
何必回頭一觸帶電的紡錘尖
都怪初升月魔咒般，剛好
標貼在某一幢建築的東牖
於是銀河系邊緣的虛點上

億萬人潮中便偶然瞥見了

又不知誰暗籤在巨厚的冊頁
魔術師遂從七副撲克牌裡
精準地抽出必然的紅心愛司
但通訊錄絕不據一席的
歲末不能寄出祝福的
已拋入沒有回聲的淵谷的那個人
其實連影子也不曾相遇過吧

卷六

桑榆暮景

有一天回基隆

起程的晴空瞬間拉下了臉
原來麥帥路另端依舊是
四分之一世紀以前那管墨筆
連海藍亦不肯微濺點滴
灰黑的場景方匹配蒼鷹的盤旋
幸終站有花傘列撐些許迎意

跨越已成雙的橋面回到童年
沙灘的曲線早鋼直為堅堤
種綠的菜圃而今密植著公寓
墳塚和傳奇都不知遷往何方
只未移的山頷首招呼我平坐

兒時的大觀園如平面圖攤在眼底

曾捽落門牙級刻歲月的陡梯
竟反掌變作一躍步的小緩坡
當挖土機解放了牆籬老樹和草叢
所有的影子與精靈再捉不成迷藏
劫後唯三棵瘦榕在雨中拈著短髭
以根追索被封了嘴的那口井
還有玩「蘋果打點」的披月細辯

重返半世紀前的國小

山溪總算尚存一絲細流涓涓
但水泥鞏床卻再也尋不著
多次撫慰老師重板後的手心
能研磨成皂泥的黃毛卵石

幸而屹屹山壁還沒搬遷
竟未拆除的或僅剩為逃追犬
而曾經避難其中的廁所
可已又貼著封印恐亦在劫

那麼山中的巨石根據地呢
不聞老同學耳提雨後的溼滑

失靈的關節仍一逕急溯童年
欲奔向嘗野效泰山的樹藤

奈何一雙黑狗攔路狂吠
只好一步步縮回記憶的原點
這時翻新的教室吐出幾批孫輩學童
那多年險阻於我夢中的艱鉅長梯
看他們輕盈嬉笑著便溜到了操場

女中物亦非

那些疊高的新樓想必全然
不識這蒼蒼銀髮的阿嬤
已星列天空的老師，不久
也將點名把我們一一傳喚

滄海或僅矗那坡島上的小亭
本缺四壁又向任風雨穿梭
自更圍擁不住少女的情懷
盈盈相對的笑語亦早煙散

桑田間成排龍柏冷森森站崗
旅人蕉偕黃椰合歡俱遭斷首

圓舞杜鵑花的三月恐已化石地下
唯茄冬餘生牆邊還壯闊了蔽蔭

但所有白衣黑裙的記憶
只會退逆矬矮終縮成滴露
恰如繽紛壓扁於相簿裡
從未曾肆喧的無色花容

滄桑

若非大旱即連遭淩厲的暴雨
辛勤耘耕二十載的田畝只得棄守
兔兒縱掘十窟仍難逃最後的大劫
那組合屋營帳般原就沒有根基
紮繫邊角的鐵索早已銹蝕
背黑鍋的颱風不過掀開了真象
零落八方的記憶又何必撿拾

尚存一絲命脈的牽牛花
決定此後都讓日記空白
暴屍的鋼琴獰立著半身傲骨
冷然側目張舞千手的綠珊瑚

偶甦醒於朝露的雜草猶自苟延
冰河下真有萬年不死的種子嗎

倒是偶然經過初遇的街口
站牌旁竟冒出一柄遮陽的綠傘
難道是路人無意吐落的果核長成？
縱使它從未攤開花心向春日
也不可能撐起淚意的天空
終究也算小圓了一片樹蔭

接收一間空書房

且擱置掃雷補漏諸般塵事
首要換掉毛玻璃好全面迎光
當那批滿頁赤棘的重冊撤退
只需一本綠不厭的無字山書

亦終可穩據一方淨空的小田
沒有字典就自個兒會意轉注吧
而幽禁三十年的歌不覺哼出時
流利的空氣居然還以回音相贈

離婚後才有「自己的房間」與面山的寶坐。

新年

遲遲不情願直掛上壁的
這疊日子，子時便厚堆成瓷盤
油膩膩的，只能挨著序兒
每次一個，穩穩端起
八萬六千四百秒洗到空白
方得每一天擱進櫥櫃裏
不如在爆竹聲中撒手
讓它們一股腦兒匡啷跌碎

天燈

妄圖用飄搖的燭光紅火
燃載自己這顆冰雪的心

引頸巴望著最深的牽掛
顫危危眼看越過了山頭
且似乎已幻升至，彷彿
比月亮還要高的瀚空

但愈縮愈虛渺的那一點
星光，抑或小小一粒隕石
終究要永沉黑洞的浩海

而劫餘的癟零殘骸
又何德能把荒塚擊醒

墓園盪鞦韆

仍得緊抓並非跑馬的轠繩
只如鐘擺盪不出宿命的潮汐
騰空撐離土岸至多一尺吧
權且讓雙腳豁免沼陷於油鹽
尚得暑風能揚難堪鏡照的霜髮

縱使牢繫它的相思樹
跟我一般俱攀不到山巔
然瞬間仰首的視界裏
它的假葉亦恍曾遇合
飄飛以前的某一朵雲

幾度的傾斜何足以制高天涯
或暫停頓於離彩虹稍近的
半空的半空那半秒鐘裡
也回不去忘川彼端的童年
而死神的轄區不過燃眉之距

在童年的遊戲區

並非天秤的無人蹺蹺板
總是一面倒向死亡
另一端輕飄隱形的
許危坐著靈魂還是月光

倘若把每隔十歲的過往
分別安置在旋轉椅上
旁立的自己跑馬去推轉
或能連映成電影的一生

現今只想穩踏著天堂實地
如高低木樁的雙腳唯恐踩線

更別奢望再遺世踮起來
獨立跳過陽光格式化的房子

擅於走索的星星已再三
來回輕易地鑽出波浪圈
可隻手懸吊的憔瘦長影
卻怎麼也翻越不過單槓

折翼的椿象仍願攀歸欒樹
正反覆丈量薛西佛斯的滑梯
五彩的肥皂泡剛剛
觸及撞上了梐網
漫漫沙坑的大漠裡
嘿！有行軍的螞蟻長伍嗎？

某個一樣的星期天

縱然清晨驚遇一雙喜鵲
日子照舊是個混灰的葫蘆
戶外隨處是家庭份的團圓笑聲
潛入密林的深海都躲不開

無奈的搖控器被凌虐間
旱象方紓又見水澇土石流
拿古碑當保齡球瓶的火星人
總算被老嫗的音樂殲滅了
而槍火漫竄的彩焰頻隙
黑白的羅馬假期乍亮
不過已走至永隔天涯的結局

微透一絲熱風的窗口轟然刺目
連岔錯的門鈴問卷電話也不肯路過
當未成雨的那片灰雲終於，決定
炸裂天空時，竟仍悶不成聲
唉！這墓地沉寂的青草
已長得好深好深了

塵市之窗

號稱落地的，其實懸吊在高空
攔護的鋁鋼大柵怎算是眼鏡
只如眼翳的紗帘又能偷窺什麼
幸可遐思那全罩的廣告看板上
從未缺席的陽光藍天沙灘和比基尼

而冷峻絕不露絲緒的玻璃帷幕
恰如其上死白空茫的凍月
大夥兒想必同罹空曠恐懼症
視野早就逐日窄近於零度
還假裝那是大廈全方位的複眼

那麼它們是寓樓的嘴吧嗎
可只扭張著無聲的孟克呼喊
連寒暄和八卦短長都吝於交換
終日密閉循環著無塵的恆溫
對外一律只吐露燥鬱的廢氣

也許要等意外的火舌竄出濃煙
消防隊趕來搗毀所有的框鎖
這連棟整批離水的沙丁魚
方肯互嘔以些微口沫相濡

老鐘

恆受制於無針的至尊日月巨鐘
又連環嵌套在大小齒輪的定數
休想跳脫平面的命運斗室

起臥於三分之一的雙人床沿
從男主人的書房到孩子的臥室
終生蹉跎的時針似無息近滯

分針的金蓮亦彳亍蹣跚
不過穿越前門的雜沓鞋陣
再緩挪至屋後的陽臺晒衣

兜繞二十坪的夾心公寓之外
總算還有稍大的公園和賣場
是微具上下風景的木馬旋圈

而趕場的秒針為醒目得釉彩
協防的心跳時或脫律不整
若逢悸動則須仰藥強力按捺

最後那根據說可以撥動的針
必先定位於老小起床的時刻
還要拿捏湯滷恰好熟爛的火候

原非自主的提案權當然枷鎖
頂多因記憶觸礁偶脫線失靈
方暫徒釋一串違規的銳音

永跨不出囚牢的這四隻細腳
始終在絕然封閉的的地心
自體循環著闃寂的滾燙岩漿

見捐被螢閃新數取代之前
許要踉蹌到嘸氣那一刻
才能尋著某個火山的噴口

垃圾桶

分分秒秒務必全天候傳哪
恰似永隨在側的Waiter
是恆待機拔不得的插頭
必定時刻暖身的朝空盤皿

那張大嘴並無發言的權利
當然也不能為廣腹挑揀食物
所幸飲料空瓶常剩殘汁
難嗑的瓜子殼或留有棄仁
糖果包裝紙尚沾些餘甜

半球頭蓋乃圓靶須忍接飛鏢

例如兒子錯寫塗壞的作業簿
女兒修剪的長髮指甲與碎心事
丈夫揉皺成團的情書底稿
還時有他怒火的半截餘燼

眾人入夢前總忘記倒空
於是乎又一張單薄的日子
被撕下隨手扔了進來
偶爾不小心竟多扯下兩頁
連明天和後天也一併掉入

中年況味

日落前，下坡的半路雲緲霧迷
昏茫中陡然顛躓了一下
好像是左右腳有所爭執
如分針和秒針老愛扞格卡疊
讓時鐘繞到左半圈便失準頭

舌尖的傳輸也常脫齒或離心
屢陷真空就停格失語或口非
只好倒帶以慢速往前搜尋
方得撿回半顆生活的碎石

必須忘年來消日的中年

連魚都能穿梭的殘破腦網
還妄圖繫捕什麼風影嗎
不如聽任海水拍湧復流逝
那麼蟬噪的耳鳴亦能悄然
轉化成聽而不聞的潮聲

更年症候

眩暈

已然是知天命的黃昏
方立定於離岸不遠的淺灘
縱微覺大洋正遞送死亡的遙擊
倒也深信隨時能躍步返跨實陸
猛地裡不知是漲潮抑退潮
頓失重心如陷窒息的真空
傾斜之際不覺腳底的流沙
早就與鐘漏聯手迅急抽離

潮紅

瀕臨日夜交班的邊界
不肯死心離去的青葉末梗
與看似枯乾卻屹然的枝幹
正分別統率著兩個季節拔河
而在時間拉鋸下的女人
為抵禦行將罩頂的大寒
泛聚的血氣勢必陡急上衝
週身的迴光遂呈赤顏之秋

耳鳴

才虛耗蒸汗旋即打擺至冰川
好容易蜿蜒抵達迷宮的眠口
一如悸動的高心頻，蚊子

卻以每秒千次的拍翅飛繞
似恍聞故人在天堂招喚
已離巢的兒女又還童紛入夢
徘徊的嬰哭乃滯留耳底
成一縷繚繞的幽鳴不去

搔癢

於此空氣稀薄的高山上
難吸進的空氣且得費力排出
更有半生的往事與亂夢
纏成百結阻塞了七竅
與身體同陷桎梏幾十年的心
突萌越獄之念而譟動
無法位移的表皮細胞
乃全面揭竿而橫行蟻軍

桑榆暮景

～～而視茫茫，而髮蒼蒼，而齒牙動搖……終告失憶

秋分霧茫

泛黃日記荒蕪的田畦行間
那些扭縮卻活跳的眾蝌蚪
早就變作蛙群，蹦脫了人生
只留下一版版無法孵化的米卵
曾以顯微毫刻其上的密密往事
竟全然記不得老花的主人

霜降梅髮

為了透照那愈蹉跎

愈崎嶇的夜黑，華燈
必須從一盞、三盞
而九盞……等比遞亮
直到心溫逐降至冰點
十萬柔暖的雨絲全仆跌
凍結成皤然銀霜

小雪斷梗

立冬後第一道寒流來襲時
下意識咬住拇指以鎮心顫
突覺漏了門風再不能密合
還以為鬆落的是一截指甲
卻竟然搜捕出半顆牙來

如同東北的窗戶橫遭拆卸

整季的冰意都排闥灌入
唉！從此得要一步一陷
蹣跚無盡浩渺的雪原了

大寒返童

昨兒個甚至今早都在忘川嗎
說著說著才轉背就落起了雨
記憶的年輪恍若漣漪擴散
稍走遠波紋便漸層模糊淡出

森林外圍的樹必先遭砍斫吧
原本清明橫斷的春秋同心圓
好比冷宮中那些黑膠唱片
頻頻跳針的總是第一首歌

唯潛藏密林最深處的童年
幸髓心的投石點尚未剝落
亦如等高線渦央的泰山頂
遙望中恆清晰矗立依舊

但攀至雲霄已然力竭
那堪負荷光年身外的記憶
只好扔棄一切錯綜的色素
將之全還原為皓白的月光

廢宅

鎮日張著兩個不能眨眼的
空洞無淚的窗，睜睜看著
車陣陸續揚塵去了地角
燕雀亦棄巢展翼飛向天涯

當時間牽著繫繩的狗溜過
四壁的皺痕已伴苔蘚聚生
樑柱疏鬆的骨質早禁不得風
櫥倉收不攏的雜憶卻時絆腳

虛寂的頂板或幸有雨漏可聞
而密纏蛛網終成白內障的窗

如今也犯不著動刀去翳了
反正他們連清明都不會現蹤

異變

～～記困戰類風溼關節炎的日子

曾幾何時氣血都宣告罷工滯流
早就幫浦不到人生的邊疆
秀逗的免疫球蛋白辨不清敵我
竟常把榴彈擲向自己的陣腳
炸扭了原本井序的關節掌心

晨起每像綠野仙蹤那個錫人
困挪寸步因為老欠潤滑油
再難彎握甩放的臂掌或近僵屍
可連跳動的本領亦告闕如

樓階已高若泰山更遑論奔跑
蹲蘿蔔竟是童年一夢遙不可及
夜半如廁火急卻得遠赴天涯

僅僅一個瓷盤已悄然變身
化忽為承托不起之龐重
如生命隨時將砰然碎裂在地
再也不肯伸直的食指
恆彎躬究竟還能伸控什麼
餘指早乏力絞乾溼污的抹布
尚曲就者卻扭不開一瓶瓊漿
亦自旋不開一扇外出的門

結節的腫疣正相繼冒泡
百年許能成就一株薑母樹

鶴拳還是狼爪，據說
已潛伏於皮下隱然成形
倘若準時暴筋月圓夜也罷
偏似地雷隨處，又不知
何時將炸裂開來

剪不斷的臍帶

即便分割了連體卻永遠繫心
那三條從未真正確實剪斷的
透明而隱形的臍帶
或如搬演偶劇的懸絲
恆牽兒女一髮而必動娘身

從剪指甲不慎破皮的第一滴血
到縫合跌仆傷口的第一針
第一次骨裂以及硬拔的牙
還有失速墜入戀谷的情淚
母親如蛛絲纖細的神經
箭靶的網心偏敏感震顫於

兒身所有切膚入骨之痛

及他們離巢遠至地球的背面
再微顫的波幅仍越洋從海底電纜
還是無形的光纖網路即傳心電
唯願正向聚攏他們的忻悅
縱使去往另一個星系
恁般錐心的感應依舊能屆

阿嬤的母親節

市場浮濫康乃馨的這天
驟雨剛停，兩個阿嬤在巷口巧遇
她們各自推著一臺嬰兒車

頭髮染黑的已重戴母愛的光環
她垮斜的肩膀其實甫卸下
為中風丈夫撐起的傾歪天空
三十多年從不習慣空盪的手
隨即又甜蜜地超載這輛雙座車
且跟眾街坊笑談孫女和外孫

垂首默默繞過那品論鮮顏的氛圍

連反射的眼下餘光都禁治了
皤皤阿嬤的破嬰兒車早撤棚去椅
一堆舊報紙淡描它拾荒的剩餘價值
不知空留框架之車原本的小主人
是否去了地球的遠極
還是遷往此島的最南端
抑或就在這個城市的某豪宅
正歡摟著全新嬰兒車的
新小主人的母親

公園近黃昏

午後連空氣亦悄靜沉澱
跟落葉一塊兒上路以前
見棄於風飛不到天涯的老人
不覺死心全退此最後的餘地

或盤坐蓮池邊閉目誦經
或推著輪椅繞追愛犬
即令最徐緩的太極兜圈子
也總要頑抗下坡的加速度
只未知能否激盪一絲塵埃

樹隙的迴光恐冥漠

趁淪陷於返照的流沙之前
得緊握一份晚報的餘暉
但亭子裡的殘局尚未及拔帥
緊迫的夜黑已倏爾罩頂

遊樂園

四處衝撞的犄角孩童
碰碰地迸出火雨流星
他們的星座旋畫著同心圓
狂飲咖啡千杯也絕不暈眩

腳踏滑板的風火輪也好
或者跨上衝浪的越野鐵馬
不然騎著重機車的座頭鯨
還是馳駕電閃的蓮花跑車
總之全城的少年看起來
都飛騰到九霄方外去了

至若垂垂老矣的木馬
當然屠不了偌大的城池
不過在有限的波幅間
微距起伏著每天的日子
以慢鏡頭兜繞回到原點

唯情侶們都想定格永恆
在遠海矇霧的摩天之頂
從舔不完的棉花雲中
摘下那再不會缺的月亮

冬谷學校

～～借英國夏山學校的反義命題

一、校園無樹

百日內只消變更公園預定地
以圍牆蓄飾四層教室的方城
立旗桿於褐土操場的正前方
便速成我們的巍然黌舍了
樹木育果等不及十年哪
何如盆景隨遣川堂去迎迓督學
陽臺的淺缽則一律無土種植
一年生草花朝開夕落著繽紛
或者以秒分算準他們的花期

叫大夥兒一齊在考季盛放

二、數字至尊

一如爸媽是我們初喚的天籟
石油淋淋的阿拉伯數字恆為
最先硬闖左腦的國際文字
必須搶步百分之一秒方得險立
奧林匹克峰頂的金牌凸座
百分之一分的微差也會狠狠
把我們摔落登龍登天的金榜
於是考試大廈由百樓驟增至萬層
那每夜挑燈都會擦出的巨奴
在排組成金屋玉顏的雲霧裏
莫非扭曲盤繞在心的數字蛇神

三、課堂雕木

起立是一，敬禮數二，坐下即三
口令乍畢便開始玩木頭人了
沐著春風我們也不用搖稻浪
最好連眼瞳和睫毛一併凍結
恰似紀念堂銅像前站崗的衛兵
偶爾要扮微電腦語言學習機
自動錄音記憶循環五秒
若逢霹靂暴喝不定時炸開
頻點的光頭豈輸給頑石

四、也是煉鋼

林深路歧的教科書大山
數載怎來得及品月吟風

強棒參考書不愧為模範導遊
絕不讓相機錯過綱領的碑亭
試卷才是設備齊全的實驗室
千回復萬次碰壁又折返以後
終能立即反復地用腳默寫出
通往每一座迷宮的標準捷徑

五、單選是非

宇宙間只有一個地球
地球上只有一個中國
管他中國是幾千年造成的
通往羅馬可只有一條大路
上不了道便算出局
不願爬梯就去放牛
非白即黑，不好歸壞

白黑板上為什麼要畫彩虹
不會錯的老師說絕無第二種可能
答案，更不會在試卷以外
誰能抓一個外星人來教室？

六、成績炎涼

不管天氣是否徘徊於春秋
我們的制服僅截劃夏短與冬長
而攝氏分數更靈敏地操縱著氣溫
源自紅場的寒流當會凍徹微血管
藍色太平洋亦時變淺深和浪高
平均值則烙印胸背如囚衣號碼
且據以劃定入閣化雨圈抑或發配邊疆
那也是向爸爸銀行提款的基數
至於為我們節衣縮食的媽媽

總拿它當唯一的化妝品敷面

七、梅花大板

當老師揮舞冬神的權杖
紅梅即將綻放在雪白的掌心
第一板據說為傳燒祖師的薪火
第二板可是濃縮了家長的百般囑託
第三板順便還顏予大魚的官腔
第四板或能重振昨夜受譏的闈威
第五板暫且贏回半生錯打的麻將
五花瓣啊反覆雕琢於晦冥的冰季
卒堅忍成一戳可遺傳的胎記

八、眨眼時段

我們學校的麻雀早已宣告絕跡

訓導處是下課十分鐘的遙控中心
所有滅音的機器人皆循規靠右
貼地挪移絕不鼓動一絲塵埃
排隊如廁或化用爸媽的關愛以外
裝點的玩具專屬附設幼稚園
球場禁地劃歸熊貓的體育課
我們的黑皮鞋得如無星的夜空
白制服永勝雪嶺的玉肌不染
媽媽才不會苛扣入境玄關時
那一點蜻蜓掠水的頰吻

矩人

被逼出媽媽的小圓宮以後
從保溫箱到育嬰室的收納盒
再侷促公寓的一格抽屜裏
一紙不堪丈量身軀的薄床

矩步方行乃動彈的規範
絕不踰矩是畢生的畫線
鎮日死盯的方寸螢光幕
不過由卡通長大至A片

冷硬的公事包早晚隨身兜
方正的印章處處要按捺

永走不出圍城的刷卡四角
若釘死在畫框的昆蟲標本

直到中風乃由僵直轉為臥棺
殘年遂無期拘囿半榻的邊隅
終自凍屍櫃移塞入火葬口
方成一縷隨意升空的輕煙

按：童年每發燒多作被「方人」壓頂的惡夢。

秋意

午後雷雨竟轉念改襲黑夜
為了揭揚更閃灼的昭示嗎
又有颱風連三接力肆掠
硬生生逼迫盛暑換掉了場景
但覺濃稠的秋意肅殺籠身

強顏攙扶不知情的外婆
如常繞過靜安的小公園
卻是步步地雷四處危崖
回頭幸有孤綻的蓮花
撐起池上木橋欲說妙法

然而絕不可能扭轉的時間
總讓冰冷的空蕩無限擴展
成失重的虛無。只有企望天邊
終見到山風塑成一朵雲
恍似你穿著海青的瘦削側影

禮物

再不會收到你祝賀的生日
只能借暖陽熨燙心底的傷皺
竟覺有纖指撫觸髮梢且停駐
雖僅三秒又極輕悄，但絕非風
疑惑中一隻斑蝶已從頰邊斜降
繼而上下環舞於我四圍久久

近黃昏騎單車溯河向東北
逆風行豁地一陣微雨飄面
美人樹便以粉掌舞拋出七色綵帶
縱然還缺了大半個圓弧
不過一截隔天絕人的斷橋

仍堅信在第五度空間的你
未忘遙贈媽媽特別的一天

最後的第一次

原來天，真的，會塌下來
原來井邊那少女，為她
未來的小孩的厄運悲泣
並非與庸人同溫的笑話
杞人許是洞燭機先的哲人

從那年冬暮除夕，我們母子
留置醫院守你的初歲，開始
欣悅地收藏許多的第一次
總以為那些點滴的珍貝
將無止境地繼續向上堆疊
詎料不過一個橫行的浪頭

瀝血的沙堡登時崩毀無蹤

只好戮力倒置廣漠的沙灘
由忽忽流淌的時間之漏
去顯微每一粒閃爍的細痕
然隨處撞遇，盡屬最後的摺頁
最後一張留影於外公的壽宴
最後一通微帶哽咽的電話
最後一封應諾的電子郵件
……

而今年凜冽凍雨的新歲初一
未插茱萸但永遠少了一人
在你的空位前擺著素麵
於闔上你單薄的半冊之後

終又能為你加添一筆第一次
你的第一個，第一個冥誕啊

絕對自由

在時間與空間短暫錯開的縫隙
夢見你雙手在書桌舞彈出妙音
所以你現在已能無弦而琴，盡情
奏鳴絕對自由的靈魂旋律了

而上回從你妹的夢中離去時
曾比潛水更無痕地隱入鏡面
那麼你必定雲遊過海角，甚或
天外其他的星球譬如冥王星吧

能隨心瞬即穿梭執拗的固體
卻悄無聲息，又看不見摸不著

身後連影子都摒棄的幽廓
究竟算不算一種氣態的超脫呢

於過去和未來接壤的陰陽邊境
縱動能無限，奈何仍及不了物
虛空中自不能再幫我搥肩敲背
許或偶來扮我的背後靈就好

詩題是嵐兒退役時禮讚於紅布上的大字。

人去

誰說這是一個空城？分明
人潮照樣擁塞如星空，原來
彗星的天上一季，凡間
早更迭九十寒暑，難怪
再尋不著熟識的鄉親了

誰說春天緊繃著臉，君不見
一朵花也未曾省略，爭奈
芬芳都繞不出迷陣，瓣瓣
竟硬冷似岩，曾幾何時
十指已具點物成石的魔力

誰說此刻即臨末日，可不是
太陽依舊吻遍小樓，然而
卻曬不暖半根青絲，莫非
心神全悄悄撤離，或者
本是一縷隔世的幽魂

火葬場之煙

還奢望能露泄什麼行藏嗎？

片雲付諸一炬的，究竟是
畢力悉心精繪的尋寶圖
抑不過寥寥隨筆的未竟草稿

至少已脫甕作蜿蜒的綿骨
竟能任意變形的出柙魂魄
正離軌蛇行著初始的自由

其實原就注定成不了鳳凰的
全面潰敗後僅存餘的能量

正拚力描出腦波最後的顫動
還有未及傾吐的一句遺言吧
儘管身體必定百遭扭曲
仍要撐書支離的祕密句號

可惜沒有人聽得見
嬝嬝一縷生命的魔幻
已然被風稀釋的餘音

而早顯蹣跚卻仍冀求
鄭重篆刻於虛空的名字
終未成曲也即將淡散了

後記

四十歲意外自印第二本詩集之後，五十歲出版了散文，照說六十歲該努力達成小說集的願望，蹉跎了兩年，沒想到動念整理的竟又是詩。

所謂情詩已誤我大半輩子，早該看清文字謊言的迷障，可詩之毒癮難戒啊！眼睛老花記憶力也衰退以後，逐漸放棄大量閱讀的習慣，寧可獨自無所事事地閒晃於山林。不過為了延緩痴呆，每天讀幾頁字數較少的新舊詩，仍能為無翼的死水日子，掙得一點飛翔的喜悅。而自閉專注塗寫的拼圖積木或造車遊戲，確能移轉諸多人事無常的哀傷，也無疑是抵抗時間現實以及拉拔抑鬱的強力迷幻藥。於是一些沒收入前兩本詩集、猶未死心的舊作菌絲，不知不覺便在雨後的夢境邊緣，長出了幾朵小小菇蕈。

許為避免與悲慟面對面，歷經滄桑後，不得不讓自己經常麻木，孤獨的晚年卒愈依賴最高信仰的寧靜大自然，因此前四輯似乎多在風雲星月、山川季辰與動植物之間打轉。輯五昨夜風是早年的留痕與一點境遷的微悟，輯六桑榆暮景則雜記了生活的炎涼。想是此生最後一本詩集了，所以胡亂多塞進一些。鑑於第二次印了五百本卻送不出去，終堆置貨櫃角落因屋漏而丟棄大半，這回只敢印十分之一，請詩友指教就好。

其實「千形萬象竟還空」，世事都將灰飛煙滅，昨夜風當亦轉眼無跡。

蘇白宇　二〇一一年十月

語言文學類　PG2861　秀詩人107

詩敲雪月風花夜
昨夜風

作　　者／蘇白宇
責任編輯／孟人玉、廖啟佑
圖文排版／黃莉珊
封面設計／吳咏潔

發 行 人／宋政坤
法律顧問／毛國樑　律師
出版發行／秀威資訊科技股份有限公司
114台北市內湖區瑞光路76巷65號1樓
電話：+886-2-2796-3638　傳真：+886-2-2796-1377
http://www.showwe.com.tw
劃撥帳號／19563868　戶名：秀威資訊科技股份有限公司
讀者服務信箱：service@showwe.com.tw
展售門市／國家書店（松江門市）
104台北市中山區松江路209號1樓
電話：+886-2-2518-0207　傳真：+886-2-2518-0778
網路訂購／秀威網路書店：https://store.showwe.tw
國家網路書店：https://www.govbooks.com.tw

2023年5月　BOD一版
定價：420元

讀者回函卡

國家圖書館出版品預行編目

詩敲雪月風花夜・昨夜風 / 蘇白宇著. -- 一版. --
臺北市 : 秀威資訊科技股份有限公司, 2023.05
面 ;　公分. -- (語言文學類 ; PG2861) (秀詩人 ; 107)
BOD版
ISBN 978-626-7187-36-4(平裝)

863.51　111018656